光文社文庫

文庫書下ろし／長編時代小説

相弟子
若鷹武芸帖

岡本さとる

光 文 社

この作品は光文社文庫のために書下ろされました。

目次【相弟子　若鷹武芸帖】

若鷹武芸帖

相弟子

#『相弟子　若鷹武芸帖』おもな登場人物

新宮鷹之介　……　公儀武芸帖編纂所頭取。鏡心明智流の遣い手。

水軒三右衛門　……　公儀武芸帖編纂所の一員。柳生新陰流の遣い手。

松岡大八　……　公儀武芸帖編纂所の一員。円明流の遣い手。

富澤春　……　春太郎の名で深川で芸者をしている。角野流手裏剣術を父・富澤秋之助から受け継ぐ。

高宮松之丞　……　先代から仕えている新宮家の老臣。

お光　……　元海女。公儀武芸帖編纂所に女中として勤めている。

鈴　……　徳川家に仕える別式女。改易された藤浪家の姫で、薙刀の名手。

中田郡兵衛　……　武芸帖編纂所の書役。

原口鉄太郎　……　新宮家の若党。

第一章　相弟子

一

朝を迎えても、辺りはどんよりと曇っていて、部屋の中にすっきりとした日射しが届かない。

このところそんな日が続いている。

いよいよ梅雨入りとなりそうだ。

赤坂丹後坂《あかさかたんござか》の公儀武芸帖編纂所《ぶげいちょうへんさんじょ》から見上げる空は黒雲に覆われていた。

「わしとしたことが、まったくもって情けない……」

編纂方の水軒三右衛門《すいけんさんえもん》が、御長屋の自室で呟いた。

気候もさることながら、編纂所において何よりもすっきりしないのは、この三右衛門であったと言えよう。

初夏となった折。

野州《やしゅう》長田《おさだ》村の猟師にして鉄砲名人・土橋《つちはし》忠三郎《ちゅうざぶろう》が久しぶりに出府した。

忠三郎には、編纂所頭取・新宮《しんぐう》鷹《たか》之介《のすけ》が日光《にっこう》出張の帰りに世話になり、砲術を通じて交誼《こうぎ》を深めていたので、編纂所は彼を温かく迎えた。

そうして長く別れて暮らしていた息子・彦太郎《ひこたろう》と江戸で再会を果した忠三郎であったが、忠三郎の鉄砲の腕を見込んだ悪党一味が、彦太郎の女房・おもんを拐《かどわ》かし彼を脅迫した。

無事に返して欲しければ、言われた通りにある男を狙撃しろと密かに忠三郎に迫ったのだ。

これを察知した鷹之介は、編纂所の面々と共におもんを救い、見事に事件を収めた。

その時、三右衛門は編纂所の女中で水術の達人・お光《みつ》と共に川に潜り、おもんが捕えられていた船に迫り大活躍を見せた。

柳生新陰流《やぎゅうしんかげ》の遣い手にして、幾多の修羅場《しゅらば》を潜ってきた水軒三右衛門であるから、このくらいのことはさらりとしてのけて当然であろう。

若き頭取の新宮鷹之介も彼には全幅の信頼を置いているし、彼が傍にいるだけで己が武芸の上達になると感じ入っているほどだ。

しかし、その三右衛門も四十七歳になっていた。

いつまでも若い頃の気持ちでいると、思わぬ落し穴が待っているというものだ。

初夏とはいえ、まだ川の水は冷たく、濡れそぼった体が気付かぬうちに悲鳴をあげていた。

奮戦直後は、

「いやいや、川に潜ってからの一暴れは、なかなかに爽快じゃ」

と、上機嫌であったのだが、その二日後に発熱してしまった。

「三殿、ちと顔色が悪いようじゃな」

鷹之介は案じたが、

「なんのこれしき。一晩眠れば治っておりましょう」

と、意に介さず武芸帖編纂所での暮らしをいつも通りにこなした。

そうして土橋忠三郎が、野州への帰路につくのを見送ったまではよかったが、その後、今度は高熱に襲われた。

体調が優れないのを自覚しつつも、それに気付きたくない武芸者としての意地が、風邪をこじらせてしまったのである。

さすがの三右衛門も二日寝込んだ。

三日目には、平気を装って武芸場に出てきたが、

「これは頭取の命である」

いつになく鷹之介に厳しく申し渡されて、さらにそれから三日を自室で静養した。

編纂方の同輩である松岡大八《まつおかだいはち》は、

「ははは、鬼の霍乱《かくらん》とはまさしくこのことでござるな。まあ奴も鬼ではのうて人であったというべきでござりまするかな。いや、めでたい……」

何がめでたいのか知らぬが、大いにはしゃぐと、

「三右衛門、共に編纂方となって二年になるが、初めにがかたが来たのはおぬしの方であったとはのう。これでおれも気が楽になったというものじゃ。忝《かたじけな》し！」

こんな言葉を携えて、三右衛門の部屋へ見舞いに行ったものである。

「ふん、お前はわざわざ憎まれ口を利《き》きに参ったのか」

三右衛門は大八を詰《なじ》ったが、生まれて初めて寝込んでしまった衝撃で、その声には勢いがなかった。

「なんの憎まれ口なものか。おぬしとおれは共に四十七だ。人間はいつまでも若い頃とは同じようにはいかぬのじゃ。この後は上手に〝老い〟と付合うていかねばならぬ。それをおぬしは身をもっておれに示してくれたわけだ。それゆえ忝しと礼を申したのじゃよ」

大八はそう言って笑いとばした。

「う〜ん……」

三右衛門は歯噛みしたが、大八なりに明るく見舞ってくれたのはありがたかった。

三右衛門のような、根っからの武芸者には今の己が身のほどを知るきっかけをなかなか摑《つか》めない。

衰えを認めたくないからだ。

〝老いた〟などと言われると頭にくるが、大八に言われると、

「まあ、確かにそれもそうだな……」

という気持ちになれる。

播州龍野《ばんしゅうたつの》の寺男であったのが、宮本武蔵《みやもとむさし》に憧れ剣客となり、色んな不運を背負いながらも、恐るべき剣技を身につけた松岡大八なのだ。

悪態をついても素直に頷《うなず》けるのだ。

大八もまた、ここ数年の間に心と体が一致せずに、動きが思うに任せぬことがあったのに違いない。

同じ編纂方として、三右衛門に後れをとるわけにもいかず、噯《おくび》にも出さなかったが、三右衛門が寝込んだのを見て、

――さもありなん。

と思い、ほっとしたのであろう。

そう思うと、三右衛門も随分と気が楽になってきた。

それでも、

「この後は上手に〝老い〟と付合《つきお》うていかねばならぬ……」

などと、大八はわかったようなことを言うが、

――〝老い〟と付合うなど真《ま》っ平御免《ぴらごめん》じゃ。

老いさらばえるくらいなら、死んだ方がましだと三右衛門は思っている。

そう考えると、むくむくと力が湧いてきた。

「よし。それなら大八、明日からは武芸場に出てもよいと医者に言われたゆえ、まず本復《ほんぷく》の証に、お前と袋竹刀《ふくろしない》で立合《たちお》うてやる。覚悟をしておけ」

「そのように躍起《やっき》になるものではない。しばらくは立合いなど控えて、じっくりと武芸帖の型をなぞってみることだな」

大八は三右衛門のやる気を窘《たしな》めるように言うと、部屋を出たのである。

二

翌朝となって、水軒三右衛門はいつもの体力を取り戻した。

相変わらず外は曇り空が天を薄暗くさせていたが、熱が下がり頭がすっきりすると、

「若い者とて、濡れた着物のままうろうろとしていれば風邪もひこう。あれはわしの油断であった」

そんな前向きな思考が頭に充ちてきた。

「よし、やはり今日は大八とひとつ立合うてやる」

三右衛門は、台所へ出てお光の給仕で朝餉《あさげ》をとった。熱い味噌汁に卵を落し、香《こう》の物で麦飯を二膳平げると体に力が漲《みなぎ》り、勇んで武芸場へと出たのだが、松岡大八の姿は見えなかった。

——奴め、まだ寝ておるとはたるんでいるではないか。

出て来たら詰ってやろうと思っていると、書役《かきやく》の中田郡兵衛《なかたぐんべえ》がひょっこりと書庫から顔を出して、

「これは水軒先生、すっかりと御息災の由《よし》、何よりでござる」

にこやかに言った。

「いや、真に面目ない。とんでもない油断をしてしもうたようじゃ。今朝はまず大八と立合い、本復を確かめるつもりでござるよ。まずは御覧あれ」

「ますます力強いお言葉、安堵《あんど》いたしましたが、松岡先生は朝から出かけておいでで、二、三日帰って来られぬとか……」

「二、三日戻らぬ？」

「はい。芝《しば》の桧山《ひやま》先生の許《もと》へ行かれたようです」

「ははあ、なるほどのう……」

三右衛門はしかめっ面をした。

芝の桧山先生というのは、柴井町《しばいちょう》に医院を構える桧山和之進《かずのしん》のことである。

和之進の妻は留衣《るい》というのだが、その姉の八重《やえ》は松岡大八の別れた妻である。

かつて大八は、己が武芸を貫くあまり世間が見えなくなり、開いていた道場を潰したばかりか、不注意から愛娘を死なせてしまった。

いかに困苦にあえいでいても、娘が心の支えとなっていた八重は大八に愛想《あいそ》を尽かし、二人は別れてしまったのだが、大八が公儀武芸帖編纂方に落ち着いた後、鷹之介のはからいもあり再会した。

娘を失った悲しみを共有する二人は、互いの至らなさを相手に詫びる余裕も生まれ、このところ縒《よ》りを戻しつつあった。

八重は今、桧山和之進の医院に身を寄せていて、妹と共に和之進の診療を手伝っている。

町医師ながら義弟の名声は高く、先頃から医院は建て増しの普請《ふしん》を行うまでになっていた。

それがこのほど落成し、医院の仕様を変更する作業に追われていた。

八重に会うために医院をちょくちょく覗《のぞ》いていた大八は、すっかり医院では馴染となり、

「あれこれお助けいただけたら、大いに助かります」

和之進からも請《こ》われて、

「頭取、真に面倒なことになってしまいましたが、昔の罪滅ぼしをしてやりとうござりまする。いかがでござりましょう？」

喜びを隠しながら鷹之介に問い合わせたのである。

鷹之介は心やさしき男であるから、大八と八重の復縁を誰よりも望んでいる。

「それは是非行ってさしあげねばなりませぬな。一日だけでは役に立たぬ。二、三日泊まり込んで手助けをなされよ」

そう言って送り出してやったらしい。

「大八の奴め、わしが熱にうかされていた時に、ぬけぬけと……」

昨日、部屋に見舞いに来た時は、そんな話は曖にも出さなかったのに。三右衛門

は出しぬかれたような気分になった。

そこへ、いつものように廊下で聞き耳を立てていたお光が、武芸場の隅に姿を現わして、

「三様、怒っちゃあいけませんよ。大様にもやっと幸せが近付いてきたってところなんですからね」

ニヤリと笑った。

「ふん、何が幸せじゃ。今頃別れた女房の機嫌をとろうなどとは傍ら痛いわ。武芸者もあのようになってはおしまいじゃよ」

三右衛門は吐き捨てた。

四十七にもなって、別れた女房に会いにいそいそと出かけるなど、気持ちが悪くて仕方がないと言うのだ。

「ふふふ……」

お光が失笑した。

「お光、何がおかしい」

日頃は洒脱《しゃだつ》な三右衛門がむきになった。

「だって、大様に〝昔の自分に向き合え〟なんて言って、お尻を叩いたのは三様じゃあないですか」

「いや、それは……」

痛いところを突かれて三右衛門は言葉に詰まった。

確かに三右衛門はそう言った。

愛娘を死なせてしまった辛い過去から逃れんとして、大八はかつての弟子や妻のことを忘れんとしていた。

それでは大八に苦労させられた者達は浮かばれまいと窘めたのである。

しかし、女にかけては新宮鷹之介以上に朴念仁《ぼくねんじん》の唐変木《とうへんぼく》だと決めつけていた大八が、八重とあっさり縒りを戻しつつあるというのは信じられなかったし、気に入らなかった。

熱を出して寝込んでしまった不様な自分を鍛え直さんとして、大八に立合を所望したというのに、それを袖にして八重に会いに行くとは、この役所に連れて来てやった自分に対する裏切りではないか。

とはいえ、頭取の鷹之介の勧めで編纂所を出ているのなら仕方があるまい。

大八が言った通り、今日のところは役儀である武芸帖に記された型でもしておくかと思い直して、

「まあ、あのような浮わついた奴のことなどどうでもよいことだ」

お光を相手にせず、武芸場の隅の棚に並べられた武芸帖を手にとった。

「三殿、待ちかねておりましたぞ！」

そこへ、新宮鷹之介が入って来て、にこやかに声をかけた。

「これは頭取……」

寝込んでしまった失態を詫びんと、三右衛門はその場に座って威儀を正したが、

「面倒な話は抜きだ。今日は大殿がおらぬゆえ、三殿としっかりと立合いたいと、朝から楽しみにしていたのでござるよ」

鷹之介は声を弾ませた。

「ははは、左様でござりまするか。畏《おそ》れ入りまする」

三右衛門はたちまち相好《そうごう》を崩した。

この若き頭取のために、己が武芸の粋を余さず注ぎ込もう――。

三右衛門と大八は共にそう誓っていた。

――大八、お前は婆ァさんとよろしくやっていろ。わしはその間、頭取と二人で武芸三昧《ざんまい》じゃ。

何やら誇らしい気分になっていたのである。

三

すっかりと精気を取り戻した水軒三右衛門は、その日も、また次の日も、諸流の剣術を検証しつつ、新宮鷹之介と立合った。

籠手《こて》、面を着けての激しい立合は、見ている中田郡兵衛、お光を瞠目《どうもく》させるほどの剣の冴えを見せていた。

それが済むと、木太刀にて組太刀の型を二人で演武した。

こちらは身に道具を着けておらぬゆえに、緊張に包まれた厳《おごそ》かなものとなった。

二日目の稽古が終ると、三右衛門は神妙な面持ちとなって、

「頭取の上達ぶりは、目を瞠《みは》るばかりのものでござる……」

鷹之介の成長ぶりを称《たた》えた。

「いやいや、まだまだ道半ばでござる……」

鷹之介は照れ笑いを浮かべると、師に対するがごとく威儀を改めた。

思えば、三右衛門が初めて鷹之介の許に編纂方として来た折は、まだこの編纂所も建っていなかった。

隣接する新宮家屋敷の小さな武芸場においては、三右衛門の毒舌に慣れぬ鷹之介が、

——この老いぼれを我が剣で叩き伏せ、今後は言うことを聞かせてやる。

気色《けしき》ばんで立合を求めた日もあった。

鏡心明智流《きょうしんめいち》士学館《しがくかん》では、傑出した才を謳《うた》われた鷹之介である。

その当時は、小姓組番衆《こしょうぐみばんしゅう》という花形の御役から、新設の武芸帖編纂所頭取という幕臣の部下も付かぬところへの御役替えとなり気がたっていた。

その折は、ただの飲んだくれのおやじとしか見えなかった三右衛門に、鷹之介は、袋竹刀による立合でかすりもせぬまま負けてしまった。

「まず、あの頃を思えば、今は少しばかり三殿とまともに立合えるようになっただけのことにて……」

鷹之介は二年前の出来事を懐かしく回想して、

「腕を上げたとすれば、三殿と大殿のお蔭にござる」

と、笑ったものだ。

「であるとすれば、そろそろ某《それがし》の役目も終りそうじゃ……」

三右衛門は、相変わらず神妙な面持ちのままであった。

すっかりと回復したとはいえ、この度の鬼の霍乱が三右衛門の心の内をどこか弱気にさせているのかもしれない。

鷹之介はそれを気遣い、夜は新宮家の屋敷に三右衛門を招き、二人だけで酒を酌み交わした。

新宮家の老臣《ろうしん》・高宮松之丞《たかみやまつのじよう》から、

「水軒先生と松岡先生への気遣いは、お忘れになりませぬように」

時折、このような進言をされていた。

性格は違えど、水軒三右衛門と松岡大八は、これまで武芸一筋に生きてきた。

それによって世に名をあげんとするよりも、自分が求めた武芸を、自分が満足のいくように完成させたいという想いを持ち続けてきた二人であった。

それゆえ表舞台に立つこともなく、知る人ぞ知る武芸者として生涯を終えても仕方がないところを、思いもかけず武芸帖編纂方という役儀に就けた。

身分は浪人のままで、役所から手当と、住処《すみか》、食事を給される二人にとっては実に気楽なものである。

おまけに支えるべき頭取は、

「この御方のためなら……」

と思える若き新宮鷹之介である。

長い求道の旅を終え、ここを死に場所と定めたのは、これまでの三右衛門と大八の活躍ぶりからも明らかだ。

しかし、死に場所を定めたとなれば、今までが壮絶な暮らしを送ってきただけに、どこかで過去を振り返りたくなる瞬間が訪れるであろう。

前へ進むばかりに気を取られていた二人が、終着の地に至ったのであるから当然の成り行きである。

その時に、人は悩んだり、戸惑うことがあるはずだ。

「殿は頭取として、そこに気が回るようでなければなりますまい」

と、松之丞は言うのだ。

「さすがは爺《じ》ィじゃ……」

鷹之介は感じ入った。徒《いたずら》に歳はとっていない。

「爺ィも振り返りとうなった時があったのであろうな」

そのように問うと、

「いえ、わたくしは過去も今も未来も、ずうっと御当家にお仕えする身にござりますれば、振り返ることなど何もござりませぬ。それが何よりの幸せと存じております」

松之丞は嬉しそうな顔をしたものだ。

年寄りの言うことは、まどろこしくて、自慢めいていて、退屈ではあるが、松之丞の言葉にはえも言われぬ蘊蓄《うんちく》がある。

いくら聡明《そうめい》であっても、若い者には知り得ない年配者の感情があるゆえ、この進言はありがたかった。

鷹之介は頭取として、自分の親くらいの凄腕の武芸者二人を使わねばならない。

その難しさを手助けしてくれるのは、やはりどんな時でも味方でいてくれる爺ィであった。

また、そこに気が及び老臣を頼る鷹之介の人徳が、変わり者の武芸者二人の心を捉《とら》えたと言えよう。

昨秋には、暗い過去に縛られていた松岡大八を、しっかりと過去に向き合わせることが出来た。

何もしてやれなかったという、かつての弟子の危機を救い、夫婦《ふうふ》別れをしたままになっていた八重との再会も手助けした。

元来陽気で豪快な大八は、さらに屈託《くったく》から解き放たれたようで、このところは武芸者の殺気が醸《かも》す角《かど》もすっかりとれたように見える。

それは鷹之介と、編纂所の者達の気持ちを随分と和《なご》ませてくれていた。

次は三右衛門を気遣ってやる番であった。

しかし、三右衛門は酒豪で遊び好きで、鷹之介が構わずとも編纂所での暮らしを心地よく送っている。

大八には、妻子がいたという過去があったが、

「某はそもそも、妻や子という面倒なものなどいらぬと思うて参りましたゆえ、何

の足枷《あしかせ》もなく、勝手気儘《きまま》に武芸を修めることができたのでござりまする」

と、三右衛門はいつもさっぱりとしていた。

思えば三右衛門の過去は、どこそこでこんな武芸者と出会い、このような武術をまのあたりにしたという話を聞き、そこから察することしかしなかった。

大和《やまと》柳生の里で剣術修行に励み、柳生但馬守俊則《たじまのかみとしのり》に見出されたが、柳生家に仕えず、一人の門人として俊則を師とあおいだ。

そのような三右衛門を俊則はおもしろがって、将軍家剣術指南役として、将軍・家斉《いえなり》に稽古をつける時なども、三右衛門に供をさせたという。

だが、江戸でじっとしていられる三右衛門ではなく、己が武芸をさらに極めんと、廻国《かいこく》修行の旅に出た。

彼が編纂所にもたらしたあらゆる武芸は、この時に見聞きしたものであった。

水軒三右衛門という武士については、この経歴だけで何もかもわかっている気になっていた。

どのような局面に遭おうと動ぜず、泰然《たいぜん》自若《じじやく》としているのが三右衛門だと鷹之介は思い込んでいたのである。

しかし、その三右衛門が風邪をこじらせた。

少し弱気になった今、鷹之介はあれこれ話してみたくなっていた。

特に聞いてみたかったのは、父である故・新宮孫右衛門《まごえもん》のことであった。

鷹之介の父・孫右衛門もまた、小姓組番衆として将軍家に御仕えしていて、役目柄将軍・家斉の傍近くにいた。

よくよく考えてみると、どこかで三右衛門は父とすれ違っているのではないか——。

そんな気がしたのである。

「なるほど、左様でござりまするな。確かに御父上とどこかで会うていたとておかしゅうはござりませなんだ」

今頃になってする話でもなかったと、三右衛門は苦笑した。

鷹之介の父・孫右衛門が、家斉の鷹狩に付き従い、中山御立場《なかやまおたちば》の裏手で手傷を受けて倒れているところを見つけられたのは、十四年前のことであった。

警固《けいご》の最中に曲者《くせもの》を見つけ、これと斬り結んだ末に敵の刃に力尽きたらしい。

その曲者の正体はわからぬままであったが、孫右衛門の刀には血が付いていたので、一太刀浴びせて追い払ったものの力尽きたと思われた。

「上様に面目《めんもく》が……」

見つけられた時はまだ息があり、孫右衛門はそれだけを言い遺したことまではわかっている。

しかし、その頃まだ鷹之介は十三歳で、新宮家の存続も危ぶまれていた。

孫右衛門の死を詳しく検証する間もなく、鷹之介は将軍家の厚意で家を継ぐと、父の跡を継いで出仕するまでは、己が文武の上達に追われた。

怪しき者と斬り結び、討たれてしまったのだ。父・孫右衛門は武道不心得を責められても仕方がなかった。

それを公儀は、

「天晴《あっぱ》れな討ち死に」

と称《たた》えてくれた。

敵は数人いたのかもしれない。孫右衛門によって、鷹狩の運行には支障が生じなかったし、将軍・家斉も、

「孫右衛門の腕をもってしての討ち死にじゃ。余ほどの相手であったに違いない」

と言って、その死を悼《いた》んだからだ。

鷹之介は父が誇らしかったが、とどのつまりは何者によって討たれたかは知れぬままになっていた。

畏れ多くも将軍の鷹狩の場を血で汚した者がそのままになっているのは、今となっては鷹之介には解《げ》せなかった。そんな想いをふと三右衛門にぶつけてみたくなっていた。

「確かに解せませぬな」

鷹之介の話を聞いて、三右衛門は相槌《あいづち》を打った。

武芸帖編纂所へ来た折に、新宮孫右衛門の最期については一通り聞いていた三右衛門であったが、

「ちょうどその折は、某も柳生但馬守様のお側から離れておりましたゆえ、御父上の一件については何も存じておりませなんだが、どこかでお会いしたかもしれませぬ。それがどうも思い出せませせぬ。ははは、これも歳のせいでござりまするかな……」

酒に顔をほんのりと朱に染め、もっと早くこの話をすべきであったと、申し訳な

さそうに語ったものだ。

　酒豪の三右衛門も病み上がりとなれば、酒が回るのも早いらしい。

「ふふふ、三殿らしゅうもない。歳のせいなどと言うのは十年早かろう。いや、こんな話はどうでもよかった……」

　鷹之介は苦笑した。

　たまには二人で酒を酌み交わし、病み上がりの三右衛門を労《いたわ》るのもよいと招いたものの、話がつい自分の親の話となってしまったのは不覚であった。

「どうでもよい話ではござらぬが、頭取におかれては、この老いぼれを気遣うてくだされたよし」

　三右衛門はありがたいことだと鷹之介を見て頷いた。

「気遣うなどとは口はばったいが、三殿にはここへ来てもろうてから、息つく間もなかったような。この辺りでちと気晴らしに、二、三日遊びに出てはいかがかと思いましてな……」

「大八と交代に、でござりまするかな？」

「まず、そんなところで」

「なるほど、それはありがたい。あの大八めは、八重殿とよろしくやって、さぞかしにやついた顔をして帰ってくるに違いござらぬ。まさかとは思いますが、のろけでも言われたら、それこそまた調子が狂うてしまいまするによって、奴としばらく顔を合わさぬのは幸いでござる」

「ははは、また熱が出てもいけませぬゆえにな」

「まったくでござる」

三右衛門はからからと笑うと、

「某もまた、ちと昔の自分に向き合うてみますかな。頭取、老いぼれへのお気遣い、いたみ入りまする」

やがて深々と頭《こうべ》を垂れた。

「気がすむまで、向き合うてきてくだされ。三殿がにやついた顔をして帰ってくるのを楽しみにしておりますぞ」

恰好をつけず、意外や素直に鷹之介の提案を受けた三右衛門に、鷹之介はほっと一息ついた。

「大八の間抜け面を見ぬ間に、出かけるとしよう。ふふふ、きんたまの皺《しわ》を伸ばして参るぞ」

四

その翌日に、水軒三右衛門は中田郡兵衛、お光へ明るく言い放つと武芸帖編纂所を出た。

頭取の鷹之介に勧められたからとはいえ、そんなにすぐ出かけることもないのだが、鷹之介の気遣いをありがたく受けるのならば、喜び勇んで出かける方がよいと思ったのだ。

昨夜は新宮邸にて、

「頭取、朝がくれば勝手に消えておりますれば、御無礼をお許しくださりませ」

鷹之介にはそう告げてあった。

三右衛門なりに、気遣いには気遣いで応えようとしたわけだが、かつての彼にはなかった感情であったといえよう。

「あの頭取にも困ったものじゃ」

自分を肉親のように慕い構ってくれた者が今までいたであろうか。

ただ真っ直ぐな想いをぶつけられると、元来気儘《きまま》に生きてきた三右衛門も、鷹之介を少しでも喜ばせようという気持ちになってしまう。

「まったく困ったものじゃ」

かく言う三右衛門の口許は綻《ほころ》んでいた。

とはいえ、外面では喜んで編纂所を出たものの、

「さて、どこへ参ろう」

実のところは、行くあてなどなかった。

鷹之介は、気儘に生きてきた三右衛門を気遣って、編纂所での暮らしにも飽きた頃であろうから、二、三日思うがままに過ごすことを勧めてくれた。

しかし、三右衛門にとっては編纂所での暮らしほど充実したものはなかった。

新宮鷹之介は理屈に走らない清々《すがすが》しさが好い。

自分がかつて旅で見聞きした、取るに足らぬようなことにも目を輝かせて食いついて、

「その流儀を武芸帖に書き留めておきましょうぞ」

と動き出す。

人生経験は浅いが、向こう見ずで、どんな時にも純真な想いで突っ走る若者の手助けをするのは、ことの外《ほか》おもしろかった。

どんな武芸にも興《きょう》をそそられ、刻を無駄にしてきた己が愚行が、鷹之介の編纂所においては正義となるのだ。

同じような境遇を生きてきた、同年の松岡大八がこれに絡めば、おもしろからぬはずはない。

露店に並ぶがらくたを、値打ちのある骨董《こっとう》に磨いていく作業は痛快であったし、何よりも新宮鷹之介が玉と輝いていく姿を傍から眺めるのが楽しかった。

月三両の手当が出るゆえ、昔のように糊口《ここう》を凌《しの》ぐための苦労も要らぬ。

飽きたなどと言っては罰《ばち》が当るというものだ。

かといってありがたい頭取の気遣いである。喜んで受けるべきだ。

「ならば風の吹くまま参ろうか……」

行くあてもなく数日を過ごすのも、昔が思い出されて楽しかった。

編纂所においては、仙人のごとく見られていた自分が数日寝込んでしまったのだ。さぞ周囲の者達も、かける言葉に困ったであろう。

こんな時は仕切り直しに、少し間をとるのもよかろう。

時に立ち止まって自分を見つめ直したり、過去について想いを馳せるのも、この歳になれば大事なのかもしれない。

とは言え――。

松岡大八は上手に〝老い〟と付合うていかねばならぬと言ったが、それは彼に未来《さき》に繋《つな》がる生き甲斐が出来たからであろう。

八重との復縁というめくるめく想いがあればこそ、

「そんな歯の浮くような言葉が口をつくのじゃ」

と、三右衛門は達観していた。

過去と向き合い、未来を見据えるなど、彼の性には合わない。

三右衛門はどこまでも、

――上手に〝老い〟などと付合いたくもない。そんなことであれば、いっそ死んだ方がましじゃ。

という想いから抜け出せないでいた。

それが武芸者としての意地であり、心得ではないかと天に問えば、

「三右衛門、そう言ってしまえば元も子もなかろう。人間も五十に近付いてくれば、達者でいられる間に、決着をつけておかねばならぬことのひとつやふたつはあろう。そこに想いを馳せるのもまた、上手に〝老い〟と付合うということだよ」

と、大八の言葉がどこからか聞こえた気がした。

「ふふふ、確かにそうかもしれぬのう……」

大八の場合は、振り返った過去に、別れた妻の姿があった。

ならば三右衛門には誰の姿が映るであろう。

ふっと自問すると、やがて一人の男の顔が浮かんできた。

「そういえば奴は、どうしているのであろうな……」

今年に入ってから、三右衛門は気になる男の消息を耳にした。

調べものの帰りに、久しぶりに立ち寄った内藤新宿《ないとうしんじゆく》の〝いちよし〟という居酒屋で、剣客崩れの用心棒風の男達が話しているのを聞くとはなしに聞いていると、

「やはり部屋の内での斬り合いとなれば、小太刀《こだち》の腕がものを言うのう」

「長いのを抜いて振り回す前に、脇差《わきざし》でばっさりとやられてはどうしようもないゆえにな」

「小太刀というと、仙寿院《せんじゅいん》の外れに滅法《めっぽう》強いのがいる」

「そ奴が戦うているところを見たのか？」

「いや、そ奴が住んでいる家の近くを通ったら、垣根越しに小太刀を揮《ふる》うのが見えたのじゃ。それがまた目にも留まらぬ早業《はやわざ》で肝を冷やしたぞ」

「試し斬りでもしていたのか」

「ああ。座ったところから片膝立ちで脇差を抜いたかと思えば、目の前の巻藁《まきわら》がたちまち三つになった」

「恐ろしい奴だな。何という男だ？」

「それを知ってどうする」

「無闇《むやみ》に近付かぬようにするのよ」

「ふふふ、好い心がけだな。後で近くの者に問うと、和平剣造《わひらけんぞう》という五十になろうかという剣客だとよ……」

　という具合に懐かしい名を聞いたのである。

すぐに訪ねてみようかと思ったのだが、

——まずそのうち会うこともあろう。

懐かしくはあるが、会うとなると面倒な男なので、今はまだ訪ねるまでもないと、そのままにしてあったのだ。

それから武芸帖編纂所は、抜刀術、砲術と新たな編纂事業に追われた。

春から夏にかけては、頭取・新宮鷹之介の日光出張もあり、三右衛門は編纂所からなかなか離れられなかった。

そうこうするうちに、小太刀の達人、和平剣造についての興味も日々の充実の中に埋れていた。

だが、〝老い〟を突きつけられた今、大八が言う、〝達者でいられる間に、決着をつけておかねばならぬこと〟のひとつが、和平剣造との再会であるような気がした。

かつての妻に会いにいくような浮き立ったものではないが、

——ちょうどよい折かもしれぬ。

風は西へと吹いているようだ。

五

そもそも水軒三右衛門は、紀州《きしゅう》の庄屋の次男坊として生まれた。

かつては雑賀衆《さいかしゅう》と呼ばれた地侍の出で、三右衛門は子供の頃から剣術に没頭した。

というのも、彼の出生には曰《いわ》くがあり、何かに夢中にならずにはいられなかったからである。

庄屋の次男坊ではあったが、三右衛門の母親は屋敷に奉公していた女中で、父がこれに手をつけて孕《はら》ませたのである。

父親は気性の激しい本妻を気遣い、母子を本妻の目の届かぬところへやった。

しかし、三右衛門の生母は子を産むとすぐに亡くなり、三右衛門は養家に一人取り残された。

それでも父からの援助もあり、和歌山《わかやま》城下の剣術道場に通い非凡な才を認められていたゆえに、男兄弟が多かった養家にあっても、誰からも一目置かれていた。

そして十二歳の時に父の本妻が亡くなり、三右衛門は本家に戻されたが、異母兄は三右衛門に辛く当り、不仲が続いた。

やがて三右衛門が十八の時に父が病歿《びょうぼつ》すると、家を継いだ兄との確執はいかんともしがたく、三右衛門は家を出て大和柳生の里で剣術修行に励んだのである。

自分はいったい何のために生まれてきたのであろう。

母は自分を産んだがために体を壊し死んでしまったし、父は本妻との軋轢《あつれき》に悩み、嫡男《ちゃくなん》と庶子《しょし》の不和を嘆きつつ、この世を去った。

自分が生まれてさえこなければ、多少の葛藤《かっとう》が妻との間に生じたとしても、大した波風も立たなかったものを――。

生まれながらに持つ屈託を、剣術はすべて忘れさせてくれた。

元来筋がよかったのであろう。打ち込むほどに三右衛門の剣術は上達した。

ここに自分の居場所を見つけた三右衛門は、さらに柳生但馬守俊則に才を買われて、内弟子になる栄を摑んだ。

生家を出る時に持ち出した金も底をついていたので、これは三右衛門にとってはありがたかった。

何よりも、将軍家剣術指南役の目に留まったことが三右衛門のやる気を起こさせたのである。

複雑な子供時代を送った三右衛門であったが、それでも庄屋の息子であったから、食うに困ったこともなく、剣術道場に通わせてもらったりと、それなりに豊かな暮らしを送ってきた。

そして逆境は己が腕っ節で乗り越えてきたので、気性がさっぱりとしていて、時には思ったことを誰に対してもずけずけと言う。

しかし言った分だけ激しく辛い稽古に臨み、弱音を吐かぬ強さがある。

俊則はそこにかわいげを覚え、三右衛門を側近くに置いて育てた。

こうして三右衛門は、何かというと自分を端女《はしため》の子と嘲《あざけ》り、弟への情を示さなかった兄と決別し、剣客として生きる術を得たのだ。

哀れな生母とは顔も知らぬままに死別した。

父は自分を気にかけてはくれたが、妻の顔色を窺《うかが》い、息子を他所《よそ》へやり、妻の死後は引き取ったものの、とどのつまりは薄情な兄を正しも出来ず死んでいった身勝手な男であった。

〝老い〟を覚え、過去と向き合わんとしたとて、兄や生家についてはもはや何の感慨もないが、柳生新陰流の修行に励んだ頃を思い出すと、胸が締めつけられる想いがする。

切磋琢磨《せっさたくま》して、共に剣技を高め合った相弟子がいた。

その多くは柳生家家中の士で、その後も交誼《こうぎ》は続いている。

だが一人だけ、三右衛門と同じく一介の浪人のままで柳生俊則の門人であり続けた男がいた。

それが、和平剣造であった。

三右衛門と剣造は実によく似ていた。

歳も同じで、生まれてからの境遇も同じであった。

彼は十津川郷士《とつがわごうし》の出であるが、庶子として生まれ、外腹の子と蔑《さげす》まれたのを、剣術の腕ではね返してきた。

生家と決別して柳生の里へ来て、俊則に見出されたのも、ほぼ三右衛門と同時期であり、俊則は二人を競わせるようにして、稽古をつけてくれたものだ。

二人の上達も突出していたし、誰にでもずけずけと物を言うのも似ていた。

こういう二人はえてして似ているだけに仲が悪いものだ。

兄弟子と弟弟子の間柄であれば、それぞれの立場が違うから、労ったり、譲り合ったりもするのだが、相弟子となればとことん張り合ってしまうので、すぐに喧嘩になるのだ。

二人が立合えば、それこそ闘志むき出しとなり、何度となく、

「かくなる上は、果し合いにて決着をつけようではないか」

と、今にも真剣勝負が始まりそうになり、俊則に叱責《しっせき》をされたのも一度や二度ではなかった。

剣の腕はほぼ互角であったが、抜刀においては三右衛門が秀でていた。

すると剣造も負けず嫌いであるから、彼は小太刀を極めんとして、独特の小太刀術を生み出した。

何ごとにおいても剣造の実力を認めようとしなかった三右衛門も、彼の小太刀だけは称えるしかなかった。

武士は脇差や小刀だけを帯びている時も多い。

かの浅野内匠頭《あさのたくみのかみ》も殿中にて、憎き吉良上野介《きらこうずけのすけ》に小さ刀《ちいがたな》で斬りつけたわけだが、

剣造のごとき小太刀、短刀を使いこなせる術を身につけていれば、もっと容易《たやす》く討ち果せたであろう。

相手との間合を瞬時に詰め、懐深く入ってからの斬撃。

氷上を滑るがごとく前へ出ての突き。

小太刀、短刀を逆手に持っての舞うような身のこなし。

いずれをとっても、三右衛門には出来ぬ技であった。

「だが所詮は小太刀よ。初太刀をかわしてじっくりと向き合えば、長い物には勝てぬよ」

三右衛門は憎まれ口を利いたが、日々相弟子として共に過ごすと、それが強がりであるのがわかる。

「ふふふ、そうかもしれぬが、おぬしの長い物には後れはとらぬよ」

剣造もからかうように応じたものだ。

このように何かというといがみ合う二人であったが、競い合っていると修行の辛さも忘れる。

いつしか互いになくてはならぬ存在となっていたのも確かであった。

そのうちに二人は江戸に出て柳生俊則の門人として過ごし、時折は師の代稽古を務めたりするようにもなり、以前のように顔を突き合わせて喧嘩をすることもなくなっていった。

そして、江戸へ出てほどなくしてから、二人は別れの時を迎えた。

日頃からの毒舌が祟《たた》って、剣造は江戸に逗留《とうりゅう》していた武芸者と些細《ささい》なことから口論になり、夜道を襲われた。

その時、剣造は細い路地で得意の小太刀を使い、武芸者とその門人二人をたちまちのうちに返り討ちにした。

剣造は闇討ちにあったのであるから、罪は問われなかった。

将軍家剣術指南役の高弟というので、

「さすがの御手並……」

と、すまされたところもあった。

しかし、師・俊則は喧嘩は両成敗であると、厳しく剣造を叱りつけた。

俊則は、日頃からずけずけと物を言う剣造をかわいがっていたが、

「口は災いの元じゃ。はっきりと己が想いを伝えるのは大事ではあるが、時には人

の生き死にかかわる。それを忘れてはならぬ」

かねがねそのように諭していた。

口論のきっかけが、剣術道場での武芸に対する考えの食い違いであればまだしも、剣造が酒場で相手をからかったところからの諍《いさか》いであった。

件《くだん》の武芸者が太平楽《たいへいらく》を言うので、ついからかいたくなったらしいが、

「それでは破落戸《ごろつき》と変わりはない」

と、剣造を突き放した。

破門にまではしなかったが、将軍家の御流儀を汚したと言われては、剣造もそのままではいられなかった。

彼は自省を師に誓い旅に出たのだが、そのまま俊則の許には戻らなかったのだ。

六

仙寿院は徳川家康《とくがわいえやす》の側室・お万《まん》の方ゆかりの寺院である。

この辺りは、野趣《やしゅ》に富んだ谷中《やなか》の日暮里《にっぽり》に似た景色が広がっていることから、新《しん》

日暮里《ひぐらしのさと》と呼ばれている。

春は桜が美しく、方々に茶屋や料理屋などが見られる。

今日は五月《さつき》晴れで、周囲の緑が目に突き刺さるように輝いていた。

水軒三右衛門は、和平剣造の住まいがどの辺りにあるか、既に見当はつけていたが、すぐに訪ねるのも憚《はばか》られて、休み処《どころ》を求めて冷や酒を飲んだ。

最後に顔を見たのは十五年ほど前であろうか。

剣造が武芸者三人を斬った時、三右衛門は遠くで出稽古をしていて、戻ってみれば剣造の姿は江戸になかった。

いかにも剣造らしいと思ったし、面倒な男であったが、相弟子である自分に何の言葉も残さず消えてしまったことが腹立たしくもあった。

別れる数年前からは、昔のようにいがみ合うこともなくなっていたから、妙な寂しさを覚えたのであろう。

やがて三右衛門も、俊則の側近くにいることもなくなり、剣造と同じように江戸を出たり入ったりの暮らしを送るようになった。

となると、自分が生きていくのに必死で、剣造への想いは消えてなくなった。

そう考えると、三右衛門の今の暮らしがいかに落ち着いているか実感出来るというものだ。

——奴はわしを見て、何と言うであろう。

いきなり皮肉な声をかけてくるだろうか。

それとも存外に大人になっていて、

「これは水軒殿、一別《いちべつ》以来でござったな」

などと言って改まるかもしれない。

そうすれば自分は何と応えよう。

昔のままの水軒三右衛門だと、ことさらに悪態をついてやろうか。

冷や酒を二杯飲む間に、様々な想いが駆け巡る。

——ふッ、まるで想い人に会うような。

いつも泰然自若としてことに及ぶ自分が何を迷うのか。

三右衛門は想いを巡らせるうちに、力が湧いてきた。

それは向こうみずで、何に対してもいきなり突っかかっていった、若き頃の力であった。

奴に会うのは面倒だと思いつつも、実は誰よりも会いたかったのが、和平剣造であったのかもしれぬ――。

「よし参ろう」

やがて三右衛門は床几《しょうぎ》から立ち上がると、川沿いに続く田園を横目に、小さな橋を渡った。

そこから少し歩いたところに、百姓家《ひゃくしょうや》とも剣術道場とも見える十五坪ほどの建物があった。

そこが和平剣造の住まいに違いない。

彼は巻藁を前にして小太刀の稽古をしていたというから、今も得意術に磨きをかけているのであろう。

その技がいかに大成されているか、それを見るのが楽しみでもあり恐ろしくもあった。

家は柴垣《しばがき》に囲まれていたが、隙間は粗く、覗き込まずとも容易に中の様子を窺い見られた。

中に目をやると、庭に面した縁に一人の武士が腰をかけて、眩《まぶ》しげに空を見上げている。

間違いない。武士は和平剣造その人であった。

未だ髪は黒々としているが、幾分頬がこけたように思える。

その分、顔の鋭さが増し、両眼がぎょろりと出ている。

皮肉屋ではあったが、どこか呆けた風情がそれなりに愛敬《あいきょう》を生んでいた剣造であったが、ここまでの人生は壮絶なものであったようだ。

「見つかってしもうたか……」

不意に声がかかった。

剣造の声は淡々としていた。

「気付いていたか……」

三右衛門は静かに応えた。

「言うまでもないわ。これで気付かなんだら、おれも今頃はあの世行きよ」

独特の言い廻しは昔のままである。

「入るぞ」

三右衛門は、網代戸《あじろど》の木戸門を潜って中へ入ると、剣造の横へ腰をかけた。

「さすがは三右衛門じゃ。おれの小太刀の間合を知っている」

剣造はニヤリと笑った。

「お前にはいつ斬られるか知れたものではないゆえにな」

三右衛門もこれに倣《なら》った。

並んで座っても、剣造の小太刀が届かぬ位置に、三右衛門は知らず知らずのうちに座っている。

「まだ喧嘩も始まっておらぬわ。いきなり斬りつけるたわけはあるまい」

「ほう、お前も歳をとって、少しは丸うなったではないか」

「おれは昔から穏やかな男じゃよ。おぬしがからかうのがいかぬ」

「そうかな。わしもお前には随分とからかわれたような気がするがのう」

「それが歳をとったということじゃ。昔のことが大げさなものとなって思い出されてくる」

「ふふふ、そうかもしれぬの。剣造が酒場でからかった相手に襲われて三人を斬り倒したというのは？」

「ふふ、それがもう大げさじゃ。斬ったのは一人で、後の二人は逃げよったのじゃよ」

「ならばお前は、一人斬っただけで、御師匠様から厳しいお叱りを受けたのか」

「数ではなかろう」

「それはそうだが……」

「人のふり見て我がふり……、などというが、おぬしはおれのお蔭で、酒場で人をからかうのを控えたであろう」

「うむ、明日は我が身と思うた」

「それみろ。ちっとはおれをありがたく思え」

「礼を言いたいところであったが、お前はわしが他行中に消えてしもうたゆえにな」

「ははは、まずおぬしとの別れはそれくらいがよかろうと思うてな」

「剣造らしい。礼の言葉は忘れてしもうたよ」

「うむ、それでよい」

冷や酒を二杯飲む間、あれこれ考えてしまったが、案ずるより生むが易しで、かつての相弟子とは十五年ぶりに会っても、自然と会話が成立する。

ひとしきり昔ながらの言葉を交わすと、すっかり時は後戻りしていた。

「十五年か……」

剣造が思い入れをした。

「そうなるのう……」

三右衛門はしみじみと頷いて、

「御師匠様の葬儀の折に会えるかと思うたのじゃがのう」

柳生但馬守俊則は、四年前の文化《ぶんか》十三年に八十七歳の長寿をもって逝去した。

「あの折はおれも他行中でのう。御師匠が死んだのを知ったのは、何か月もたってからのことじゃ。おぬしも旅に出たり江戸へ戻ったりを繰り返していたようじゃが、ちょうどよい折に江戸にいたものじゃな」

「ああ、ありがたかった」

「おぬしはそういうところが、昔から要領がよいのう」

「何事にも巡り合わせがよいのじゃよ。日頃の行いがよいゆえそうなる」

「ふッ、よくもぬけぬけと……」

「御師匠は、剣造のことを気にかけておられたよ」

「左様か……」

剣造は何度も頷いて、稽古場にしている板間に立った。

「して、三右衛門、おれがここにいると噂に聞いたのであろうが、何ゆえ訪ねて参った。そなたは今、武芸帖編纂所なるところで、落ち着いた暮らしをしていると聞いたが」

「ほう、よく知っているな」

三右衛門は頭を掻いた。

「落ち着いた暮らしでもないが、まず今のわしにはありがたい暮らしではある」

「それを見せびらかしに来たか」

「ふッ、相変わらずお前は皮肉屋じゃのう。それが、ちと〝老い〟を覚えてのう」

「〝老い〟を覚えた？」

三右衛門は、武芸帖編纂所での日々には詳しく触れず、水術を遣い、それが因《もと》で数日寝込んでしまった話をした上で、

「これはまだ達者なうちに、是非とも和平剣造の小太刀をこの目でしっかり見ておきたいと思うた次第じゃ」

「左様か。それならばおれも同じ想いだ。水軒三右衛門の刀術を見たかった。おぬしが風邪で寝込んだのは天啓じゃのう」

剣造は穏やかな笑みを浮かべた。

三右衛門はその顔をつくづくと見て、

「ははは、お前も〝老い〟を覚えたな。その物言い、そのにこやかな顔。老いたとしか考えられぬ」

高らかに笑った。

七

和平剣造は、それからすぐに柳生新陰流に学んだ小太刀術に己が工夫を加えた型を見せた。

小太刀は真剣である。

座したところからの抜き打ち。

左手を鞘《さや》に添えて立ち、払い、切落《きりおと》し、巻き、突きを半身から繰り出す。

鞘を腰から抜き、右手に白刃、左手に鞘を取り、二刀を遣うがごとき攻め。

そして小太刀を逆手に持ち、前後左右、天地に至るまで舞うように揮う。

水軒三右衛門は、しばし見惚《みと》れた。

若き頃、自分に自慢げに披露した型よりも、ひとつひとつの技に落ち着きと凄みが増している。

終えて納刀した時の、かすかな息の乱れが気にかかったが、この梅雨の時節に、剣造もまた体調を崩しているのかもしれぬ。

それを差し引いても、これだけの小太刀術を持っている者は、日《ひ》の本《もと》に何人もおるまい。

「ならば、某もまた……」

三右衛門も稽古場に立ち、真剣にて演武を披露した。

柳生新陰流の型に、水軒流と言うべき工夫を凝らしたものである。

刀法などというものは、刀が動く軌道には限りがあり、とどのつまりはどの流派も同じような型となる。

修練を積めば、誰でも型らしくはなる。

だが、剣に取り憑《つ》かれ、命をかけた立合をこなしてきた者は、何げない動作の中に一瞬の輝きを見せる。

もっとも、見る者が見ないとその一瞬がわからぬものだが、輝く光は生と死の狭間を照らす。

そこに真の武芸者は恍惚《こうこつ》を覚えるのだ。

演武を見つめる剣造の顔付きがたちまち引き締まってきた。

「見事じゃ……」

三右衛門が演武を終えると、剣造はうっとりとした面持ちとなり、威儀を正した。

三右衛門は何やら照れくさくなり、

「やはりお前は老いたな。〝見事じゃ〟などという言葉を、死ぬまでに一度使いたかったと見える」

と、ここでも若き日の憎まれ口を利いた。

「そう思うならありがたく聞くがよい。二度とは言わぬぞ」

これに剣造は相変わらず真顔で応えた。

三右衛門はすっかりと調子を狂わされて、

「袋竹刀で立合うてみるか」

と、誘ってみたが、

「馬鹿を言うな。おぬしが太刀でおれが小太刀で立合うたとて、勝負は見えておるわ」

剣造はかぶりを振ってみせた。

「左様かのう」

「おぬしと立合う時は、真剣勝負で願いたい。もう、切磋琢磨の頃は過ぎたよ」

「お前の言う通りだ。お前よりわしの方があの頃から大人に成っておらぬな」

「大人を通り過ぎて、〝老い〟を迎えるとは、いかにも三右衛門らしい」

剣造の表情が和らいだ。

「これで和平剣造の術を生きている間に見られた。真にありがたいことじゃ」

三右衛門もここで威儀を改めてみせた。

「それはこの和平剣造とて同じじゃ。水軒三右衛門ほどの剣客と、かつて張り合《お》うていたことがあったとは、おれもなかなかのものであったと、今は満足じゃよ。訪ねてくれた礼をしたいが、何としてもてなせばよいか……」

剣造も威儀を正した。

「わしをもてなしてくれるのなら、酒があればそれでよい」

「そうであったな。酒ならたっぷりとあるが、生憎《あいにく》食べる物がない。どこかへ出るか」

「わしは同じ飲むなら、この家でお前と二人で酌み交わしたいのう」

「ここでか……」

「何やら柳生の里を思い出す」

「うむ。だが、食い物は山芋と、味噌に梅干しくらいしかないぞ」

「それで十分じゃよ」

三右衛門は台所に出ると、山芋を厚めに切り、鍋に薄く油をひくと味噌を塗ってこれを焼いた。さらにいくつかは短冊《たんざく》に切り、梅干しの果肉を少しばかり酒に漬けて載せてみた。

酒飲みにはこれだけ肴《さかな》があれば何もいらぬ。

腹が減れば、冷や飯を少々温めて、とろろ汁をかけて食えばよいのだ。

「ほう、三右衛門、料理の腕も上げたのう」

「料理と言えるほどのものでもあるまい。一人で暮らしていた頃が長かったゆえの知恵というところかな」

「そうして、今も独り身か」

「ああ、妻も子も持ったことがないままで終りそうじゃよ」

「武芸者は独り身でなければいかぬ。おぬしはいつもそう申していたな」

酒と肴を縁側に運ぶと、いつしか酒宴は始まっていた。

三右衛門は手酌でぐいぐいとやる。

「独り身ゆえ、好き勝手に生きてこられた。それゆえ悔いはないが、武芸帖編纂所というところはおかしな役所でな。色々な珍しい武芸を書き留めていると、わしよりもさらに歳が上の武芸者と何人も出会うた。それがどれも己が武芸をもって世に出られたとは言えぬ者ばかりでのう。いつも身につまされたが、それでも自分が求めた武芸を伝える子供がいるのを見ると、時折羨《うらや》ましゅうなった」

「三右衛門、やはり老いたのう。おぬしからそんな言葉を聞くとは思わなんだぞ」

剣造に言われて三右衛門は苦笑した。彼自身がそんなことを口に出すとは思いもしなかったからだ。

「剣造、お前はどうなのだ。あれから今まで妻子を得なんだのか」

三右衛門は心の動揺を抑えんとして問いかけた。

「いや、妻を娶《めと》ったことはないが……」

剣造は煮え切らぬ言葉を返した。

「わけありの女がいたか」

「ああ、二十歳の頃にな……」

「何だと？　まだわしと共に柳生道場にいた頃ではないか」

「御師匠様の目を盗んで何度か会うたのじゃ」

「こ奴め、わしは気付かなんだぞ」

「おぬしにだけは知られとうなかったゆえにな」

「相手は誰じゃ。わしが知っている女か。白状いたせ」

「向田秀《むこうだひで》という女武芸者を覚えておらぬか」

剣造は低い声で言った。

「覚えている。柳生に逗留していた、小太刀の遣い手であったような」

三右衛門は唸った。

確か歳は五つくらい上であったはずだ。

女ながらに小太刀をよく遣い、柳生の里へは修行に来ていた。

髪は若衆髷《わかしゆまげ》に結い、男装で腰には細身の大小をたばさんでいた。

武芸者ゆえ化粧っけはまったくなかったが、鼻筋の通った端整な顔立ちをしていた。

三右衛門はほとんど言葉を交わしたことはなかったが、あの武芸者にも体の内に女が住んでいたとは驚きであった。

当時の三右衛門には、そういう男女の機微《きび》を見てとるだけの感覚は備わっていなかったのだ。

「こ奴め、わしを見事に出し抜いて、好い想いをしていたのじゃな」

三右衛門は、まさかこのような話がここで出来るとも思わず、ほろ酔いに浮かれた。

剣造はしかめっ面となり、

「好い想いかどうか……。二、三度情を交わしただけで、おれは遊ばれたような想いであった」

剣造は秀に誘われて、巧みに道場を抜け出し、彼女を抱いた。いや、あの頃を思うと抱かれたと言うべきか。今となっては夢のような出来事であると剣造は語った。

三右衛門はおかしくなってきた。

彼は妻を娶ったかどうかを訊ねたというのに、若い頃には誰もがひとつやふたつはある、ほろ苦い女との思い出を語らずともよいものを――。

だが、剣造はにこりともせず、

「あの女武芸者がおれを誘ったのは、おれの子種が欲しかった。ただそれだけのことであろうよ」

「何と……。では、あの女は……」

「柳生の里での修行を終えて、向田秀はおれに別れも告げずにまた旅に出た……。すると風の便りに秀は娘を産んだと聞いた。月日を数えれば、正しくおれの子だ」

「そうであったか。その娘とは……」

「会《お》うたこともない。若い頃はこっちも修行中で、探す間もないし、御師匠にそんな話もできなかった。そうこうする間に時が流れた」

剣造は茶碗の酒を飲み干すと空を見上げた。

辺りには盛り場もない。暮れゆく空に、ただ辺りは濃い色に塗り潰されていく。

言葉を探す三右衛門に、剣造は行灯に火を灯して間を与えた。

「きっと向田秀は、己が術を伝える子が欲しかったのであろうよ」

やがて三右衛門はひとつ頷くと、口の端に残る酒の滴を左の手の平で拭いながら言った。

「それゆえ、誰よりも小太刀の腕がよい、剣造を選んだのじゃな」

剣造は大きな相槌を打ち、

「種馬のようなものじゃよ」

自嘲してみせた。

「いや、それが向田秀の恋であったのじゃよ。小太刀に秀でたお前の子を産みたい。女武芸者にとっては何よりの想いじゃ。その上、お前を一人の武芸者として認めていた。認めていたからこそ、和平剣造の邪魔にならぬように消えていった」

「それが恋か？」

「そんな恋があったとてよかろう」

剣造は驚いたような顔をして、二、三度咳込んで、

「うむ。おぬしの言う通りじゃな……。だが生まれたのが娘であったとは皮肉なものよのう」

「その後、秀殿は？」

「江戸へ出た後、ほどのう亡くなったと聞いた」

「して、娘のその後は？」

「ようわからぬままじゃ」

「どこぞに己が娘がいるかもしれぬというのに、そのままにしておいたのか」

「気にならなんだと言えば嘘になろう。おれの娘かもしれぬのだからな。だが、会うたところでどうなる。おれが名乗り出たことで、娘に迷惑が及ぶかもしれぬではないか」

向田秀が娘に、お前の父は和平剣造だと伝えていたとしたら、会いたくなれば探すであろうし、伝えぬままに死んでしまったのならば、それにも何か意味があるのであろう。

娘は武芸とは縁のないところで暮らしているかもしれないのだ。自分からのこのこと出て行くことはないと剣造は言う。

「それに、何を話せばよいかわからぬ。互いに何の思い出もないのだからな。三右衛門、おぬしならどうする」

「う～む、そうよのう。二、三度情を交わしただけでは、娘の母親のことも何もわかっておらぬゆえにのう。やはり会おうとはせぬかもしれぬな」

「そうであろう。男は情けないものじゃのう。誰が自分の子かわからぬとはな」

「ふふふ、女は己が腹を痛めて産むゆえに、父親が誰であろうと我が子には違いないか……。だが、そっと見てみたくなるかもしれぬ。この世に己が血を引く者がいるというのも、悪い心地はせぬであろう」

「なるほどのう」

「そう考えると、お前が羨ましい。育てる手間暇もいらずに娘がいるとはな」

「きっと会わぬままで終るだろうよ……」

「惜しいのう。親と名乗らずに小太刀を指南してやるのも一興じゃぞ」

相弟子二人は笑い合って茶碗酒を重ねた。

「おれ達は何ゆえ、いがみ合うていたのであろうな。おれより強い者はおらぬはずだという自惚《うぬぼ》れが、おぬしを認めようとさせなんだのであろうかな」

「うむ、きっとそうじゃ。互いにのう」

三右衛門は、それから二日を和平剣造の家で過ごした。

八

和平剣造は、水軒三右衛門の逗留を喜んだ。

彼もまた、このところの雨に体を濡らし、風邪をこじらせたばかりであったと言う。

道理で時折咳込むのだと、三右衛門はその奇遇に感慨深かったが、剣造は、若き日に好敵手と謳《うた》われた三右衛門が自分と同じように〝老い〟を覚えたと知り、心が休まったのである。

二人は、朝から柳生の里にいた頃に学んだ組太刀を稽古場で繰り返し、若年ではわからなかった型の真理を思考し合い、その合間に酒を酌み交わし思い出話に花を咲かせた。

剣造は、誰かに自分の来し方を語りたい気持ちになっていた。

三右衛門は、和平剣造の消息が聞こえてこぬことを長年不思議に思っていた。

二人共に、毒舌を吐く癖があり、剣客としての出世から外れてしまった感はある。

それでも三右衛門は、柳生俊則の傍にいたことで、知る人ぞ知る存在となっていた。

やたらと旅には出たが、三右衛門の指南を求める諸道場から出稽古の要請を受けての旅も多かった。

その行き帰りに多少の騒ぎは起こしたものの、〝型破りな剣客〟として、三右衛門を認める者達もいた。

しかし、腕は水軒三右衛門に引けをとらぬ和平剣造の名は、旅に出て以来、諸国を巡る三右衛門の耳にさえ入ってこなかった。

「まず、すべてはあの、酒場での口論から恨みを買うたのがいけなかった……」

それで三人に襲われ、一人を斬り、二人を逃がした。

逃げた者は、あることないことを吹聴《ふいちょう》する。

剣造は師から叱責を受け、江戸に居辛くなり旅に出る。

食わんがための方便《たつき》を探しながらの旅だ。

取るに足らぬ道場主の機嫌を取らねばならぬ時もあった。

自ずと自棄《やけ》にもなる。ある日、街道筋の盛り場でつい毒舌を吐き、破落戸《ごろつき》相手に大喧嘩となった。

処《ところ》の顔役が仲裁に入り、剣造のあまりの強さに感服して、

「何卒《なにとぞ》、お近付きに……」

と、武勇伝を聞きたさに家に招くことになった。

酒と飯にありつけるならと、草鞋《わらじ》銭欲しさに二、三日逗留したところ、その顔役が敵対するやくざ者の殴り込みを受け、剣造は降りかかる火の粉を払った。

決して命は奪わず、加減して手傷を負わせ追い払ったが、それでもやくざの出入りに加担した罪は免れず、逃げるように再び旅へ出た。

こうなると和平剣造の名を容易に語れなくなった。しかしその名がないと田舎道場で食客《しょっかく》ともなれぬ。偽名を使い、道場破りに近いことをして急場をしのぐ。こんな暮らしを続けていたら、剣造の剣名が挙がるはずもない。

同じ偽名を使うなら、やくざ者の用心棒となって酒食にありつき、草鞋銭を稼ぐ方が割りもよい。剣造もまたそんな気持ちになり、徒《いたずら》に時が流れたというのだ。

三右衛門は話を聞くと身につまされた。

「うむ。ようわかる。うまくいかぬ時は、悪い方へと転ぶものじゃ。わしはたまさか運がよかったのであろう」

神妙な表情で相槌を打ったが、

「これではお前の噂が聞こえてこなんだのは無理もない。だが剣造、そういう暮しもそれはそれで楽しかったであろう」

すぐに場を和ませた。

剣造も愚痴は言いたくない。

「ああ、いこう楽しかったぞ。だが、一年ほど前におぬしが武芸帖編纂所に招かれたという噂を聞いてのう。そろそろほとぼりも冷めた頃だし、もう一度、和平剣造として、おぬしと張り合いとうなって、江戸へ戻ったというわけじゃ」

若き頃の、三右衛門に食ってかかるような目となった。

「そうして、わしがお前に気付いてからかいに来るのを待っておったか」

「そんなところだが、身から出た錆《さび》とはいえ、うまくいかぬものだな。ここで道場の真似事でもしようと思うたのだが、来て早々邪魔が入った」

「以前のしがらみか」

「まずそんなところだ。こ奴が何かと言い立てるゆえ、ここの門を叩く者が尻込みをしてのう……」

邪魔者は、星川理三郎《ほしかわりさぶろう》という剣客で、旅に出ている時に駿府《すんぷ》で出会い、絡むようにしつこく武芸談議を持ちかけてくるので、

「生憎、某は貴殿のように口が達者ではないゆえ、この辺りで勘弁願いたい」

そう言って席を立つと、

「口が達者？　おぬしは某を口先だけだと言いたいのか」

と怒り出し、果し合いを申し込んできた。

昔の剣造なら相手になったであろうが、その時は江戸に戻るつもりでいたから、適当に受け流して駿府を出た。

「ふッ、尻尾を巻いて逃げおったわ」

星川は意気揚々として、彼もまた江戸へと出たが、どうやらそこで、

「果し合いなどしていれば、今頃ここにはおられなんだかもしれぬな」

などと、和平剣造の実力を知る者にからかわれたらしい。

星川も江戸で自分の一刀流《いっとう》を創設したいという野望を秘めていたから、こうなると和平剣造が大人の対応をして果し合いを避けたと人に思われては傍ら痛かった。

そうして、出府の後は剣造の行方を追った。

話の流れで、剣造は久しぶりに江戸へ戻るつもりだと告げていたのだ。

「それは面倒じゃのう。その星川理三郎という奴は剣造を討ち、己が剣を世間に知らしめんとしているのじゃな」

三右衛門は、どこまでもついていない剣造を憂えた。

「奴もなかなか遣《つか》うらしい。それゆえ引くに引かれぬのであろう。これまでも何度かここへ弟子を遣《や》って、果し状を突きつけてきたが、おれもこのような果し合いに疲れたゆえに、江戸で道場の真似事をしようと思い立ったのじゃ。ことごとく断わってきたのじゃがのう……」

「そういう奴は何度も果し状を送り付けて、受けぬと世間の笑いものにして、己が強さを知らしめんとするのであろうな」

「どう思う？」

「このまま相手にせぬのがよかろう。いずれが強いかは、自ずと知れよう」

「うむ。おれもそう思うてきたが、見届けてくれる者が現れて、気持ちが変わった」

「わしに見届けろと申すのか」

「それくらい付合え。いつまでもここにはおられぬのであろうが」

「相わかった。お前が死ぬのを見届けてやる」

「ふふふ、そう容易く殺されまいぞ」

「ふふふ、近頃これほどの楽しみはない」

三右衛門は悪戯《いたずら》っぽく笑って引き受けたが、その目の奥はいつになく乾いていた。

九

星川理三郎は、下谷《したや》の小さな寺院に寄宿していた。

〝星派一刀流指南　星川理三郎御宿〟と、借り受けた僧坊に看板を出していて、いかにも芝居がかっている。

歳は四十前。連れている弟子は、尾木亮蔵《おぎりようぞう》、石井功助《いしいこうすけ》という三十絡みの屈強そうな武士である。

出府《しゅっぷ》を果してからは、武家屋敷が甍《いらか》を争う下谷界隈を三人で闊歩《かっぽ》して大言壮語を吐き、ひたすら目立たんと励んでいた。

しかし、この辺りには長者町《ちょうじゃまち》に直心影《じきしんかげ》流藤川《ふじかわ》道場、練塀小路《ねりべいこうじ》に小野《おの》派一刀流中西《なかにし》道場など、名門道場がある。

珍しがられても田舎剣客と馬鹿にされるのがよいところで、相手にもされない。

このところは、和平剣造の許に果し状を届けるのにも疲れていた。

剣造は、道場らしき家に住んでいるのだが、星川師弟を見かけると居留守を使う。

下谷界隈で剣造の名声は今ひとつ知られておらず、

「彼の者は某との果し合いから逃げてばかりでござってな……」

などと吹聴《ふいちょう》したところで、それほど効果もないと悟ったのである。

その腹いせに、これまでに何度も仙寿院近くの剣造の住まいに弟子二人を遣って、

「和平先生！　本日もまた臆して居留守を使われまするか！」

などと門前で叫ばせていて、勝手に溜飲《りゅういん》を下げていた。

星川の目から見れば、和平剣造など過去の者で、五十を前にして体には既に衰え

が出ていると思われる。

——我が剣をもってすれば何ほどのものでもなかろう。腰抜けは放っておけばよい。いや、いっそ弟子を引き連れて、あの家に討ち入ってやるのもよいな。

ここ数日はそんなことを考えつつ、なかなか思うに任せぬ示威運動に、彼は苛々《いらいら》としていた。

そこへ、ひょっこりとこれもまた五十前と思われる剣客風の武士が、寄宿先に現れて、

「公儀武芸帖編纂方・水軒三右衛門と申す。和平剣造殿の遣いで参った」

堂々たる口上を述べた上で、一通の書状を手渡した。

星川は〝公儀武芸帖編纂所〟などという役所は聞き慣れなかったが、三右衛門は二年前から編纂方となり、それに相応《ふさわ》しい物言いも威風も、すっかりと身についていた。

この日は一旦編纂所に戻り、頭取の新宮鷹之介に成り行きを話し、編纂方を名乗る許しを得て、羽織を着しての登場であった。

それゆえに、星川師弟にとっては思いもかけぬことで、随分とうろたえてしまっ

た。

馬鹿にしていた和平剣造の遣いが一廉《ひとかど》の剣客で、渡された書状は一見して果し状への返書であると窺い知れたのであるから無理もなかろう。

「水軒殿は、和平殿とはどのような……」

恐る恐る訊ねれば、

「かつての相弟子でござるよ。確かにお渡しいたしましたぞ」

三右衛門はそれだけを言い置いて、有無を言わせず立ち去った。

星川は大いに慌てた。

返書は、これまでの星川の非礼を非難すると共に、武士の一分《いちぶん》を立てるため、正々堂々と果し合いをされたしと認《したた》められていた。果し合いは明日の夕刻七つ。場所は浅茅ヶ原《あさじがはら》妙亀堂《みようきどう》裏。

当方は助太刀を頼まぬとあった。

すぐに水軒三右衛門を調べてみると、確かに武芸帖編纂所という役所は存在していて、三右衛門は柳生新陰流の達人であるという。

彼は和平剣造を相弟子と言っていた。

「先生、どうなさいます？」

弟子が問うと、星川は怒ったように、

「かくなる上は応じるしかあるまい」

と応えた。

そもそも星川が、しつこく和平剣造に果し合いを迫ったのである。相弟子である三右衛門を介して果し状の返書を送ってきたとなれば、これは避けられぬ。

ここで受けねば二度と江戸で剣術を続けられまい。

一刀流の諸派に学び、廻国修行を経て江戸へ戻り自流を興すために、星川理三郎は少々の強引さや悪どさも是《ぜ》としてきた。

「奴は助太刀を頼まぬとあった。目にもの見せてやるわ」

星川はそれから興奮気味に、尾木、石井と念入りに打合わせた。

しかし興奮のあまり、立ち去ったはずの水軒三右衛門が再び密かに戻って来て、寺の庭で様子を窺っていたことにまでは気が回らなかったのである。

三右衛門は、相弟子にして犬猿の仲と言われた和平剣造の果し合いの使者を引き受け、そっと見届けるつもりであった。

若い頃は真剣勝負をするところまでいった男であるが、互いの強さを認め競ったからこそ、三右衛門は自分も強くなれたのだと思っていた。

その意味では剣造は三右衛門にとっては肉親以上のものであった。この感情は武芸者として妻子も得ずに生死の境い目を歩いてきた者にしかわからぬであろう。それが彼の誇りなのである。

新宮鷹之介にあらましを語ると、

「三殿はどこで金玉の皺をのばしているのかと思うていたら、のばすどころか引き締まるところにいたのじゃなあ。ははは、いかにも三殿らしい」

にこやかに応え、思うがままにするがよいと後押しをしてくれた。

やがて三右衛門は、和平宅へと戻り、二人で袋竹刀で心ゆくまで立合い、翌日浅茅ヶ原の手前まで同道し、

「武運を祈る……」

「忝し……」

と、言葉を交わして別れた。

三右衛門はそっと見届けるつもりだが、あえてそれは告げない。

剣造もまた何も問わなかった。

互いのすることには口出ししないのが以前の二人であった。それは自ずと今も続いていた。

一人になると剣造は激しく咳込んだ。

――ふッ、三右衛門が訪ねて来てからは、調子がよかったものを。

口許を押さえた手には血が付いていた。

剣造はそれを懐紙で拭くと、大きく息を吸ってから、下草が茂る野原を歩き、小さな祠《ほこら》である妙亀堂の裏手へと向かった。

裏手は草のない平地となっているが、果してそこに星川理三郎はいるであろうか。

――おれが一人と知れたら、恐らく奴はそこにはいまい。いるとすれば……。

剣造は五感を研ぎすまし、敵の殺気に集中した。

「ここか……!」

いきなり背の高い葦原《あしはら》の中から、抜き打ちをかけられた。

剣造はこれをかわすと駆けつつ太刀を抜いた。

「死ね!」

そこへ打ち込んできたのは星川理三郎であった。剣造は太刀で受け止めて、

「おぬしの果し合いとはこのようなものか」

と、鍔競《つばぜ》り合いに持ち込んで嘲笑《あざわら》った。

「名乗りや口上など面倒だ」

星川は力で刀を押し込みつつ言った。

「問答無用か……」

剣造は押し返した。

鍔競り合いは離れ際が命にかかわる。

或いは首筋にそのまま刃を受ければ、押し切られてしまう。

「うッ……」

剣造は低く呻《うめ》いた。

咳を堪えた拍子に、喉の奥から込みあげる血痰が詰まったのだ。

「やはりそうであったか。和平剣造、胸を患《わずろ》うていたか」

一瞬力が弱まった剣造に、星川は勝ち誇ったかのように、己が刀身をじりじりと首に押しつけた。

剣造は口から血を流し、後退した。だが、星川はここぞとばかりに間合を切らせない。

その刹那《せつな》、剣造は体を僅かに右へ捌《さば》くと、太刀を落とした。

星川は突如として脱力した剣造に、一瞬たじろいだ。だが、体が触れ合わんばかりの近間にわざと持ち込んだ剣造は、素早く脇差を抜いて星川の胴をすくい上げるように斬っていた。

「何を……」

星川の腹から血が噴き出した。剣造は返す刀で、茂みの葦を薙《な》いだ。

切り払われた葦の向こうから、尾木、石井の顔が現れた。二人共、抜刀して今にも打ちかからんとしていたが、剣造の凄まじい剣撃に足が竦《すく》んで動けなかったようだ。

「おぬしらも、くだらぬ師に付いたものじゃのう」

剣造は口の周りを血で赤く染めて、ニヤリと笑った。

その時、星川が地面にどうッと倒れた。

「ひ、ひひ――ッ」

尾木と石井は浅茅ヶ原に鬼を見た気がして逃げ去った。

「そうじゃ、卑怯《ひきょう》な師に付合うて死ぬことはない……」

剣造は二人を追う気力もなかった。

既にこと切れている星川に、

「おぬしの方から申し出て、おぬしから斬りかかってきたのじゃ。あの世で悔やめ……」

と、声をかけて、太刀と脇差を鞘に納めた。

「剣造、こ度もまた、一人を斬って二人を逃がしたのう」

尾木と石井が潜んでいた茂みの向こうから、水軒三右衛門が現れて声をかけた。

「おれは、まったく懲りぬ男よのう」

剣造は口許の血を再び懐紙で拭いて、笑っているような、泣いているような表情を浮かべた。

何も言わぬまま、三右衛門が星川師弟の急襲を察知し、そっと見ていてくれた。ありがたい友情であると思うべきだが、三右衛門は自分が加勢などしなくても、剣造が星川に後れをとるとは端《はな》から思っていなかった。

そんなことよりも、かつての好敵手がいかに戦い、勝利するかを見届けたかったのに他ならないのだ。

それゆえ二人の間には、礼も励ましも不要である。

ただ三右衛門は、自分もまた近頃風邪をこじらせたのだと言っていた剣造が実は胸に病を抱えていることに気付いていた。

剣造にとっては大した相手ではなかろうが、真剣勝負の重圧は生半《なまなか》なものではない。おびただしく体力を消耗するはずだ。

勝とうが負けようが、彼には死が待ち受けていた。

剣造は、最後の果し合いの相手となろう剣客が、星川理三郎では不足であった。

それゆえ果し合いに応じる気にもなれず、少々の挑発も受け流してきたのである。

それでも日々死期を悟り始めていたので、やはりこの恥辱《ちじょく》はすぐにでも晴らすべきだと考え始めていた時に、水軒三右衛門が訪ねてくれた。

かつての好敵手に、これまで鍛えあげた剣を見せてやろう。誰よりも三右衛門が自分の生涯の成果をわかってくれるはずだ。

彼はやっとこの果し合いに臨むふん切りがついたのであった。

三右衛門は剣造と過ごした数日で、かつての相弟子の想いをわかっていた。礼を言うのは自分の方である——。

「水軒三右衛門、確《しか》とこの果し合いを見届けたぞ。この場の始末は任せておけ。既に手配をしておいた。それにしても真によい勝負を見せてもろうた。心より礼を申す」

三右衛門は深々と剣造に頭を下げると、剣造を誘い彼の家へ同道した。

「おれに付合うていてよいのか」

「ああ、頭取からは許しを得ている。しばらく共に過ごして、お前の小太刀の術を確と武芸帖に記せとな」

「三右衛門のような偏屈な男を使いこなすとは大した御仁じゃのう」

「齢《よわい》二十七の若武者よ」

「二十七……？　会うてみたいものよ」

「頭取も会いたいと仰せじゃ」

「おれにか？」

「わしらの若い頃より頭取はよほど強いぞ」

「おれは何をすればよい」

「小太刀の型を披露いたせ」

「無茶を申すな。おぬしはわかっているのであろう、おれの命の丈《たけ》を」

「わかっておるゆえ、急いでおるのじゃよ」

「ぬかしおったな……」

剣造の足取りはしっかりとしていた。彼は今、三右衛門との飾りのない言葉のやり取りだけで、生きる力を得ていたのである。

十

翌朝。

三右衛門が言った通り、新宮鷹之介は千駄ヶ谷《せんだがや》の仙寿院近くにある和平剣造の許を訪ねた。

果し合いの夜、剣造と三右衛門は朝が来るまで語り明かした。

剣造の体力は既に尽きていたが、

「今宵は眠りとうはない。眠れば二度と起きられぬであろう」

それでは鷹之介に型を披露出来ぬと言うのだ。

三右衛門は剣造の言う通りに付合った。

若い頃から今に続く憎まれ口をすべて剣造にぶつけて、相弟子の想いに応えた。

朝が来ると、剣造は体を清め、月代《さかやき》を剃り、紋服に着替えて鷹之介を迎えた。

この日、鷹之介は若党《わかとう》の原口鉄太郎《はらぐちてつたろう》に進物を持たせて、やって来た。

松岡大八は剣造の小太刀術を見たかったが、三右衛門と剣造の傍らに自分がいるのは相応《ふさわ》しくなかろうと遠慮をした。

鷹之介は剣造の昨日の果し合いの成果を称えると、剣造の小太刀の型をじっくりと目に焼き付けて、表に待たせていた鉄太郎に進物《しんもつ》を運ばせ、

「実にお見事でござった。会えて嬉しゅうござりましたぞ。これを機に編纂所でも小太刀を取り上げてみとうござる」

力強く言葉をかけると、

「三殿、心ゆくまで逗留させていただくがよい」

三右衛門を残して編纂所へ戻った。

鷹之介は幕臣として代々宮仕えをしてきた旗本である。自分の立場をよく心得ている。

武芸帖編纂所頭取として、武芸者として秀でていながら今ひとつ世に伝わっていない者の演武を見届けておく。

そして、それによって水軒三右衛門の地位が、確かなものであることを証明する。

この二つを果せばそれでよい。

後は三右衛門に任せておけば、これ以上自分が出しゃばることはないと心得ていたのだ。

——もうこれ以上、疲れさせてはいけない。

去り際に三右衛門に頷いてみせた鷹之介の目がそう語っていた。

「よく心得られた、大した御方ではないか。おれはおぬしが羨ましい……」

鷹之介が立ち去ると、剣造はその気遣いに感涙して、そのまま寝込んでしまった。

「心ゆくまで逗留するがよいと、頭取は申されたが、なんの手間はとらせぬよ。おれはもういかぬよ」

剣造はこの数日間の消耗に堪えに堪《た》えたのである。最期を見届けるのは自分で、せめて安らかに眠らせてやりたいと三右衛門は思っていた。

「お前は、武芸者として申し分のない生涯を遂げるのだ。決して悲しまぬよ。言い遺すことはないか」

三右衛門は、天が自分をかつての懐かしい相弟子に、引き合わせてくれたのだと感慨に浸りながら、最後に問うた。

「言い遺すことか……。あれしきの果し合いを最後に逝くのは無念じゃのう。できることならば、おぬしと立合うて斬られたかったぞ」

「同じ死ぬなら、この三右衛門に斬られたかったと申すか」

「いかにも。おぬしならわかるであろう、この気持ちが」

「いや、ようわかる。あらゆる因縁を背負うて生きねばならぬのが武芸者よ。畳の上で死ぬのをよしとせず、同じ死ぬならあの男に討たれたい。わしもそう思うであろう」

「ふふふ、その相手に望まれていたのだ。ありがたく思え」

「ああ、ありがたい。他に何か聞いておくことはないか？」

剣造はしばし沈黙してやがて何か言いかけたが、その言葉を呑み込んで、

「いや、何かあったような気がしたが、忘れてしもうた……」

と、笑みを湛《たた》えてそのまま息絶えた。

「忘れてしもうた？　そんなはずはあるまい」

三右衛門は呟くように言った。

「死ぬ時も、わしに惚《とぼ》けたことをぬかしよって……」

剣造が言い遺したかったことは三右衛門にはわかる。

「まず任せておけ……」

思わず三右衛門の目から涙が溢《あふ》れ出た。

鷹之介がそそくさと帰ったのには、三右衛門のことだ、人前で泣きたくなかろうとの配慮もあったのに違いない。

「頭取の前では、決して泣きませぬぞ。さりながら今は……。ははは、やはりわしも老いたのう……」

三右衛門の嗚咽《おえつ》は、しばし閑静な家の中に寂しく響いた。

第二章　母と子

一

その道場は、浅草《あさくさ》の新鳥越町《しんとりごえちょう》三丁目にあった。

隣は道林寺《どうりんじ》という寺で、その間道を西へ行くと、そこからは田圃《たんぼ》が広がる。一見すると長閑《のどか》な風情なのだが、田圃の向こうは日本堤《にほんづつみ》で、〝北国《ほっこく》〟などと呼ばれる不夜城・新吉原《しんよしわら》の入り口となる。

新鳥越町の通りを少しばかり南東の方へ行くと、山谷《さんや》堀に出る。

この辺りには、船宿、料理屋が立ち並び、夜になると店の軒行灯が賑《にぎ》々しく水面を輝かせる、実に繁華なところとなる。

どちらかというと、少し足を延ばして男女が身を寄せ合う料理茶屋であるとか、出合《であい》茶屋などにちょうどよい立地と言えるのだが、そこに道場があるとは珍しい。

道場は二十坪足らずの平屋で、以前は儒者《じゅしゃ》が住んでいて、手習いの師匠をしていたこともあったらしい。

中を覗くと、ここは主に小太刀の指南をしている稽古場となっているようだ。

そして、習いに来ている者達を見ると、こんなところに道場があるのも頷ける。

小太刀術は、脇差、短刀などをいかに巧みに揮えるかを求める武芸であることは言うまでもない。

となると、町人差《ちょうにんざし》、匕首《あいくち》、喧嘩煙管《けんかギセル》、手近にある棍棒などが、日頃太刀に縁のない町の衆にとってありがたい武芸となる。

それゆえ盛り場に出入りしている者達が、仕事の合間に習いに来ているというわけだ。

おもしろいのは、そのほとんどが女であるということだ。

酌婦、芸者、夜鷹《よたか》、やくざ者の女房、浪人の娘……。

特に粋筋《いきすじ》に生きる女達は、日々盛り場にいると、あらゆる〝狼〟達に狙われる恐れがある。

これらをうまくなだめすかし、受け流し、巧みに身を守るのが玄人《くろうと》ではあるが、中にはどうしようもなく凶悪な奴もいる。

正義の味方は、おあつらえ向きに現れてはくれぬ。最後の手段は、自分で自分の身を守るしかない。

鉄の長煙管や火吹き竹など、ちょっとした得物《えもの》を手に立ち向かえたら、心丈夫《こころじょうぶ》ではないか――。

まずこのように考えた女達が入門して、道場の評判が広がった。すると、

「女が習っているのなら、まあどうということもあるまい」

と、男達が入門し始めた。

日頃から金銭を持ち歩く機会が多い商店の主や、盛り場で男伊達《だて》を気取る若い連中であった。

だが男達の中には、強くなりたいという想いとは別に、ちょっとした好奇がうずいて、道場に通う者もあった。

というのは、この小太刀術〝気炎流《きえんりゅう》〟を指南している師範が女であるからだ。

師範の名は、遠藤登世《えんどうとよ》という。

彼女は錬太郎《れんたろう》という八歳になる息子がいる後家であった。

歳は二十七で、武芸者として生きてきただけに化粧気はないものの、目鼻立ちがすっきりとしている上に、体がすっと引き締まっていて、そこはかとない大人の女の色香が醸《かも》されている。

純白の稽古着姿で、髪を後ろに結わえ垂髪《すいはつ》にしている姿は美しく、これに惹かれる好き者も多いのだ。

とはいえ、女が習っているなら自分も大丈夫だろうという性根で、常磐津《ときわず》の稽古でもあるまいに、師匠が好い女だからあわよくば……、などと恰好ばかりをつけて、くだらぬことを考えているような男達である。

ちょっと厳しく稽古をつけられるとすぐに音《ね》をあげる。

女と思ってなめてかかるといけない。登世は小太刀にかけては男の武芸者に引けをとらぬだけの技を持っている。

とどのつまりは、小太刀用の袋竹刀で叩き伏せられることになるのだ。

また、時折彼女が息子の錬太郎につける稽古は、母子の絆が深いゆえに遠慮がなく、傍で見ていると目をそむけたくなるほどに厳しい。

床に転がされ、手足、肩、背中を叩かれ、

「その動きは何です！」

と叱責《しっせき》され、錬太郎はあどけない顔を歪めて無念の表情を浮かべる。

それでも涙を見せず、母を頷かせてやろうと立ち向かう姿は真に健気《けなげ》であるのだが、浮わついた気持ちで稽古場に来ている男達は、

――こいつはおっかねえや。

師匠の息子のようにはとてもいかない。

不埒《ふらち》なことを考えていると、稽古にかこつけて酷い目に遭わされよう。

「あの馬鹿、女師匠にちょっかい出して、死ぬほど痛い目に遭わされてやがる」

などと笑い者にされるのはごめんだ。

ほとんどの男達はそのように思って、このところはまったく、道場に寄りつかなくなっていた。

「先生、男ってえのはほんとに馬鹿ですよねえ……」

日頃そういう、ちょっとやくざな男達に痛い目に遭わされることが多い女達は、

根性のない男達を嘲笑って、道場では溜飲《りゅういん》を下げていたのである。

登世はというと、そんな勝気な女の弟子達には、

「女だてらに武芸を習うなどとは小癪《こしゃく》な奴だ……。そんな風に思う男達は多いはずです。わざわざ争うこともないゆえ、無闇に小太刀を習っているなどとは外で言わぬことですぞ」

などと戒め、仕事の合間に無理なくそっと稽古が出来るよう気遣ってやった。

登世は常々、

「男など何するものぞ」

などと大上段に構えて突っかかっても、詮《せん》なきことと思っている。

女武芸者として生きてきた上で、彼女は幾多の困難に直面してきた。

武芸に生きる男達は決して女には負けられぬという意地がある。

それゆえ、少しでも男を負かすような女が現れたら、その芽を摘みにかかる。

となると、自分はあくまでも、

「女相手に身を守る術として小太刀を教えておりまする」

という態度を見せておく方が無難だと悟ったのだ。

後家となり、子を育てていかねばならぬとなれば、方便《たつき》を立てねばならぬ。

そして彼女に出来ることは、武芸指南しかない。

錬太郎を成人させるまでは、小太刀を指南して、それを生業《なりわい》にする他に道はなかった。

下手に武士の子弟を弟子にするよりも、ひっそりと市井の女相手に指南しようと今では心を決めているのである。

稽古場に女の弟子がずらりといるような風景は決して見せず、弟子がいたとてせいぜい二、三人とし、彼女達の悩みごとをまず聞いてから、実践的な術を教えてやる。

夜鷹など、やっとの想いで日々を過ごしている女達からは僅かな謝礼しか受けとらず、遠藤登世、錬太郎母子はつましく寄り添いながら暮らしていた。

道場には看板もあげず、今いる弟子達の口伝《くちづて》によってここを知りやって来る他は、特に弟子を募ったりはしなかった。

それゆえ弟子はすべてで十人くらいしかいなかったが、登世は満足していた。

そうして、この浅草新鳥越町に道場を構えて二年が経ち、今年の梅雨もそろそろ終ろうという時に、どこからか噂を聞きつけた女が一人、雨宿りをするかのように駆け込んできて、入門を請うたのである。

二

「今日はもう降らないかと思っていたら、いきなり降ってきて困ってしまいましたよ」

俄《にわか》に雨が降ってきた昼下がり、その時はちょうど稽古場には誰もおらず、遠藤登世は息子の錬太郎に小太刀の稽古をつけていたのだが、歯切れのよい女の物言いに思わず引き込まれてしまった。

女は小股の切れ上がった、色気がしたたるようなそれ者風だが、登世は一見して、

——ただの粋筋の女ではない。

と思った。

しかし、女はまったく屈託のない様子で話すので、思わずその魅力に引き込まれ、登世は心の片隅に持った警戒を、たちまち解いてしまった。

「先生、わっちは深川《ふかがわ》で三味線なんぞ弾いて暮らしている女なんですがね。こんな女にも小太刀の術を教えていただけるのですかねえ……？」

彼女は、まるで物怖《ものお》じせずに問うたものだ。深川で三味線芸者をしているらしいが、面長で妖艶な顔立ちには嫌みがなく、さぞや売れっ子なのだろうと見受けられる。

それでいて辰巳《たつみ》の女らしく、気に入らない座敷には何があっても出ないという利《き》かぬ気が前に出ている。

これまで相手が誰であろうと臆せず物を言ってきた肝の据り方が窺える。

ここに小太刀を習いに来る女達は、皆が勝気で芯が強い者ばかりだが、この女にはさらにどんな時でも泰然自若でいられる、余裕が身についているのがおもしろい。

――これは教え甲斐がある。

登世は、この町に来て初めてそんな想いとなり、

「こんな女も何も、貴女が習いたいというのなら、わたしは心を込めて指南いたしましょう」

と笑顔で応えた。

外は雨足が強まってきたが、心の内は晴れやかであった。

道場は、木戸門を入ってすぐに玄関の式台《しきだい》があり、そこから小体《こてい》な稽古場に繋がっている。その日はまだ誰も習いに来ていなかった。

「さあ、まずは中へ……」

登世は女を上に上げて稽古場へと誘った。

「心を込めて指南……などと、嬉しいことを言ってくださいますねえ……」

女は大喜びで、登世の後に続いた。

そして、稽古場の外に面した窓が、外からは見えにくい格子戸になっているのを見てとって、

「これはまたよいお稽古場ですこと。どこかの馬鹿の顔が見えないのが、何よりでございますよ」

嬉しそうな顔をした。

登世の道場は門人に女が多く、おもしろがって外から顔を出す男がいると気が散るので、工夫がしてあったのだ。

「目立たずに、そっと稽古ができるようにしているのです」

「なるほど。ここに習いに来る人は、皆わっちのような女《ひと》ばかりのようですからね」

登世は大きく頷いて稽古場に腰を下ろして、女にもそれを勧めると、

「どうして小太刀を習いたいと?」

と、訊ねた。

「そりゃあ、身を守るためでございますよ。他のお弟子の姉さん方もそうでしょうが、酒が入るところでお勤めをしておりますと、馬鹿に絡まれたりするでしょう。ですから、いざという時には、こいつで叩き伏せてやろうと思っているのですよ」

女は一尺ばかりの六骨の扇を帯から抜き取って見せた。

それは舞扇《まいおうぎ》だが、骨は鉄で出来ている。

「これはまたおもしろい扇を持っているのですねえ」

登世は感心した。

芸者の護身用として、ごく自然に持ち歩けるであろう。

「おもしろいですか? こいつで馬鹿の頭をかち割ってやろうと思ったので拵《こしら》えたんですがねえ、仏作って魂入れずってところでございます」

その話し方が実に洒脱《しゃだつ》で、登世は思わず笑ってしまった。

「ふふふ、それで小太刀を習いに？」

「はい。贔屓《ひいき》にしてくださるお武家さんから、これを役に立てようとするなら、小太刀を習えばよいと教えてもらいましてね」

「なるほど、貴女はおもしろい人ゆえ、色んな立派なお客が贔屓にしてくださるのでしょうねえ」

「ふふふ、まずお蔭さまで……。で、その旦那は変わった御役に就いているお人でしてね。色んな武芸を書き留めて後の世に伝えていくそうで、まったくおめでたい殿様ですよ」

「ほう、それはまたおもしろそうな……」

「ええ、おもしろいのでございますよ。それで今は、小太刀の術に凝っておいでてしてね。〝どれ、ひとつ教えてやろうか〟などと言ってくれたのですが、わっちなんかがそんなところで武芸を習うのも気が引けましてね。いえ、決してその、先生に習うのが楽に思えたわけではございませんので……」

「いえ、わかりますよ。色んな女達が習いに来る道場の方が足を運びやすい。そう思ったのですね」

「仰る通りで……。ここはそういうお稽古場だと噂を聞きましてね。わっちもちょいと習ってみたくなった次第でございまして。何と言っても、女のお師匠の方が色々とありがたいと思ったのでございます」

「どんなところがありがたいと思ったのです？」

「着物の捌《さば》き方を知っておいでだろうと」

「着物の……」

「はい。女には女の着物がありますからね。いざって時に着替えるわけにはいきません」

「なるほど、袖や裾の捌き方は男の指南役にはわかるはずもないと言うのですね」

「ええ、女形《おんながた》の先生なんか、いたとしても気味が悪いですからねえ。ははは……」

「ほほほ、おもしろい人ですねえ……」

登世はつられて笑いながらも、この姉さんは、ここへ習いに来ている女達とは、まるで心得が違うと目を瞠った。

「では、いつからでも、気の向いた時にお出でなさい」

やがて登世は威儀を正した。

女も慌ててこれに倣い、

「よろしくお願いします。わっちにも身すぎ世すぎがございましてね。いつ来られなくなるかはしれませんが、その時はどうぞお許しのほどを……」

深々と頭を下げて、

「これは申し遅れました。わっちは深川の春太郎《はるたろう》と申します。春と呼んでやってくださいまし」

と言った。

案に違《たが》わず、この賑やかな女は、春太郎こと富澤春《とみざわはる》であった。

自前で出ている売れっ子の三味線芸者にして、角野《かどの》流手裏剣《しゅりけん》術の継承者として、公儀武芸帖編纂所に出入りしている、あの春太郎である。

彼女の話に出てきた〝おめでたい殿様〟はもちろん新宮鷹之介のことである。

水軒三右衛門が、かつての相弟子にして好敵手であった小太刀の名人・和平剣造の死を看取った後、編纂所ではどうやら小太刀術についての編纂が進められているらしい。

そして、春太郎にとってそれは手裏剣以外のどの武芸よりも心惹かれるものであったようだ。

三

その日。

春太郎は、雨が止むまで遠藤登世から小太刀の型を教わった。

初日なので、ゆっくりと登世が演武をして、まずは見て覚えるところから入ったのだが、逆手に持っての技を見ると、

「なるほど、これは三味線の撥《ばち》でも使えますねえ」

と思われたし、相手の懐にさっと入り小太刀を揮う所作《しょさ》は、舞を見ているかのようで、

「これなら六骨の鉄扇も大いに役立つでしょうねえ」

春太郎はいちいち感心した。

これまでも小太刀が女にとって有用な武芸ではないかと思ったが、三味線を弾いたり、浄瑠璃《じょうるり》を語ったり、座敷舞をしたりする暮らしに、武芸など手裏剣術だけで十分だと気にも留めなかった。

しかし、登世が小太刀を揮う姿を見ると、薙刀《なぎなた》のような大仰《おおぎょう》なものでもなく、舞の稽古にこれを加えてみればよかろうと、少しばかり体がうずうずとしてくる。

馬鹿が絡んでくることがあるので、そ奴の頭を鉄扇でかち割ってやりたいと春太郎は言ったが、これは真実である。

近頃、深川をうろつく馬鹿がいて、春太郎はそ奴に腹を立てていたのだ。

春太郎であれば、日頃髪に仕込んである針状の手裏剣ひとつで容易《たやす》く倒すことは出来よう。

さらに彼女の後ろには、天狗のように強い武芸帖編纂所の面々がいる。

しかし春太郎は、人に頼って気に入らぬ奴を倒すなど意地でもしたくない。

ましてや秘伝の手裏剣術を、馬鹿を相手に容易く使いたくもなかった。

となれば、少なくともこ奴の頭をかち割るだけの強さを身に付けねばならない。

そう思っての入門なのだ。

武士達が通う剣術道場に通うのも、あまりに大袈裟《おおげさ》であろう。

この女師匠なら――。

春太郎は、遠藤道場をすっかりと気に入った。

やがて雨が上がったが、その間は他の弟子もやって来なかった。

皆が思い思いの時刻にやって来て、登世の指南を受けるというので、稽古に縛られることもなかろう。

「先生、これはまず束脩《そくしゅう》ということで……」

春太郎は恭《うやうや》しく一分《ぶ》を差し出した。

「束脩など無用ですよ……」

登世は拒んだ。ここは稽古をつけてもらう度に三十文《もん》を払えばよいことになっていた。

登世には多少の蓄えがあったし、誰か一人を教授すれば、何とか母子二人が食い繋げるのだ。

「いやいや、そうはいきませんよ。花街《かがい》に生きてきた者は、こういう祝儀ごとにはこだわりがございましてね。置いて参りますから、どうぞお納めくださいまし」

と、金を置いて逃げるように帰ったのである。

その姿を、錬太郎がきょとんとした顔で見ていた。

錬太郎にすれば、母親が楽しそうに笑ったのが久しぶりであったような気がして、俄に現れた新しい弟子に、たちまち好感を覚えたようだ。

その点は登世も同じで、

――わたしも、あのような境地にいたらねばなりませんね。

と、思われた。

自分の過去はほとんど人に話さぬ登世であるが、息子の錬太郎はまだ八歳というのに、父親がいない事実からしても、登世の毎日は奮闘の連続であるのは確かである。

女手ひとつで子供を育てるのは大変ではあるが、ただ養っていくだけなら何とでもなる。

登世にはそれに加えて、錬太郎に気炎流小太刀術を継承させねばならぬ重圧が日々のしかかっていた。

今はまだ子供であるから、自分が厳しく技を仕込んでいけばそれでよい。

しかし、男子はたちまち成長し、それと共に、母親の体力は衰えていく。

その時に、錬太郎が気炎流をいかに高みに押し上げていくか――。

そこを今から考えねばならないのだ。

場合によっては他道場に入門させ、そこで小太刀の練達者《れんたつしゃ》にもまれつつ、得た術を気炎流に上手く取り入れていくようにさせねばなるまい。

ならば、どの間合で錬太郎にそうさせればよいのか。

どこで修行をさせればよいのか。

そんなことを考えていると、登世の顔の皺《しわ》は増えるばかりなのである。

せめて、道場に小太刀を習いに来る女達との触れ合いが楽しいものであるならば、気も紛れるのであろうが、ここに習いに来る女達もまた一様に、登世以上に屈託を抱えている。

夜鷹の弟子は、

「先生、あたしはもう死んでしまいたいですよ……」

と己が不遇を語る。

やくざの女房は、

「やどがしっかりしていれば、あたしが強くならずともよいものを……」

と、出来の悪い亭主の愚痴を言う。

芸者、酌婦の類いは、熱を上げている情夫が非力で頼りないので、せめて自分が強くなろうと稽古に励んでいるのだが、

「あの人は、あたしを捨ててしまうつもりなんですかねえ」

などと、涙ながらに恋の相談を持ちかけてきたりする。

登世にとっては、何よりもこれが困る。

そんなことがわかるはずがない。それほどまでに頼りなく、女への気持ちも定まらないような男なら、

「すぐに別れてしまいなさい！」

「ここへ連れてきなさい。わたしがその性根を叩き直してやる！」

と、言いたいところだが、それも馬鹿馬鹿しい。こういう女ほどしっかりと謝礼を道場にもたらしてくれるので、適当に慰めて稽古をつけてやるしかない。

そうして、

「先生、あたし、あの人のために励んでみますよ！」

などと帰り際に真顔で言われると、自分は何をしているのだろうと情けなくなってくる。

それでまた顔には眉間の皺が増える。

なかなか心から笑える間がないのも無理はなかった。

だが、今日入門を請いに来た春太郎という三味線芸者はどうであろう。

一切の弱音を吐かず、ただただ小太刀のおもしろさを称えて、稽古がおもしろくて仕方がないという風情を見せた。

というより、春太郎にはそもそも弱音を吐くという癖がまったくないと言ってもよい。

盛り場で日々三味線を弾いて暮らすのは、大変なことであろう。

しかし、己が境遇に不満を言えばきりがない。

今を前向きに楽しんで生きてやろうという春太郎の心意気は、どこか人を食ったようなおかしみと共に漂ってくる。

登世は道場を開いて初めて、人を教える楽しみを知った。

その想いから生まれる笑顔は、錬太郎の心の内にほのぼのとした明かりを点していた。

それに気付いた時、

――わたしがこれでは、錬太郎は大きく育たない。

と、思い知らされたのである。

四

春太郎は翌日の朝から、遠藤登世の道場へ稽古をしに行った。

自分が入門を請うたことが、遠藤登世の屈託を大いに解き放ったなどとはまるで思いもかけぬ春太郎は、相変わらず天真爛漫《らんまん》として小太刀の稽古を望んだ。

この日は、登世が苦手とする酌婦と芸者がそれぞれいて、黙然《もくねん》と型稽古をしていた。

春太郎はいつもの調子で、

「姐さん方、わっちは新入りの春でございます。どうぞよしなに願いますよ」

と、一声かけると、昨日見た登世の型を真似てみせた。

登世も姉弟子達も、それを見て目を丸くした。

細かいところはまだまだ稽古を積まねばならぬであろうが、新入りの弟子としては驚くべき勘のよさで、既に型の真似事が出来ているではないか。

姉弟子二人は、春太郎が深川の女芸者だと聞いて、

「それはさぞかし芸で売っているのだろうねえ」

「歌舞音曲《かぶおんぎょく》なんてものは、武芸にも通じているものさ。あたしが売れない理由がわかったよ」

口々に称えた。

登世にはそっちの芸事の素養《そよう》はなかったが、確かにそのようなものなのであろうと察すると、

「わたしも、今の暮らしが落ち着いたら、歌や舞を習ってみましょうかねえ」

きっと上達するはずだと考えると楽しくなってきた。

そして、登世は組太刀《くみだち》の相手を務めて、春太郎と小太刀で打ち合ってみた。

ひとつひとつの技を決めるだけで、立合をするわけではないが、春太郎の技は、実際に勝負をしているかのような錯覚にとらわれるほどの切れと凄みがあった。

「春殿、貴女はなかなか筋がようございますね」

登世は素直に誉めた。

そうなると、春太郎も嬉しくなってくる。

それから暇を見つけて日参するうちに、すんなりと小太刀の型を覚え、組太刀もこなせるようになってきた。

弟子の中では誰よりも新参者ではあるが、彼女と一瞬でも稽古場で登世の指南を受けた女達は誰もが春太郎に一目置いたのであった。

人が集まるところというのはおもしろい。

春太郎と稽古を共にした女達は、彼女と言葉を交わすうちに、小太刀を習いに来ているというのに、いつしか前向きに明るく暮らすことを諦めている自分に気付き始めた。

すると自ずと道場に活気が出た。

何よりも遠藤登世が変わった。

母子の方便のためにしている武芸指南である。

これまでは、稽古以外で弟子達とはほとんど口を利かず、無難な毎日を送ってき

た登世であったが、

——それは自分の心得違いであった。

と思えてきた。

弟子を市井の女達に絞っておけば、他の道場との軋轢《あつれき》を避けられると考えて、目立たぬように暮らしてきた。

しかし、目立つということと、己が信念を貫くというのは別である。

女達の悩みを聞いてやりつつも、当り障りなく収めてきたが、それで真に師と言えるであろうか。

どうせ武芸者として暮らしていくわけでもない町の女達であるから、真の弟子として扱わないのか。

それでは己が了見《りようけん》は狭過ぎる。

一旦、武芸の師となったからには、どんな弟子であろうと、どこまでも導いてやるのが筋であろう。

弟子の女達の抱える揉めごとには、時として自分から立廻ってやろう。

錬太郎を育てるのなら、そういう親の姿を見せるのも大事なはずだ。

女が一人でたくましく、人に苦労を見せずに明るく生きている。

この時代では難しいことである。

だが、その手本ともいうべき女が身近にいると、人は自ずと変わるらしい。

もっとも春太郎にとっては、自分が道場に大きな波紋を投じたなどとは思いもよらなかったのではあるが――。

梅雨もすっかりとあがった夏の日の昼下がりのこと。

春太郎が稽古に来ていると、道場の外が騒がしい。どうやら男女が揉めているようだ。

このところは遠藤道場の女達の稽古熱も上がってきて、その時稽古場には、春太郎の他に五人ばかりいて、木製の小太刀を揮っていたのだが、

「あれは、おけいさんの声じゃあないのかい……」

口々に言って眉をひそめた。

おけいというのは二十半ばの山谷堀の酌婦である。

春太郎効果もあって、道場に新たに三人入門者が現れた。

弟子達が前向きな気持ちになり、以前より屈託が少なくなると、それにつられて、

「あたしもやってみようかなあ」

などという女も増えてくる。

おけいもその内の一人であった。

かつての男が、別れた後もあれこれ金の無心に来るので、

「あたしはいざとなったら刺し違えてやろうと思っているのですよ」

と勇ましいことを言って、小太刀を習い始めたのだ。

もちろん登世は、

「刺し違えるなどと、物騒《ぶっそう》なことを言ってはなりませぬ。ただ、その気構えを鍛えるつもりで稽古をなさい。何ごとに当っても、気合を持ち続ければ、切り抜けられるはずです」

と、おけいを諭したのだが、気合を注入することでかえって男と衝突をきたすのではなかろうかと、一方では気にかけていた。

おけいのかつての情夫は、園部《そのべ》長四郎《ちようしろう》という不良浪人で、何度も痛めつけられ金をむしり取られた上に、他所の女の許へ行った。

それこそ幸いと思っていたが、近頃また何ごともなかったかのような顔をして、

おけいにつきまとうようになったそうな。

以前の登世なら極力面倒を避けようとしたが、

「どうしようもなくなったら言いなさい。わたしが話をつけてあげましょう」

と言って励ましていたのである。

「お前さんには何の関わり合いもないことだろ！」

女の叫び声が近付いてきた。

やはり、おけいのそれである。

「やかましいやい！　お前、小太刀なんか習ってどうするつもりなんだよう」

絡んでいる男の声は、園部長四郎のものなのであろう。

情報通の春太郎である。おけいの事情は既に聞き及んでいる。

都合よく勝手に女の許へ戻ってみると、女は今までのように恨みごとを並べた後に、また自分に金をくれる様子がなく、きっぱりとはねつける。

これはどういうわけだと探りを入れると、女は小太刀など習い始めたという。

男としては、

「誰にそそのかされたんだよう。お前に武芸なんて似合わねえよう」

とりあえず宥《なだ》めるしかない。

それでも女は突っぱねる。こうなれば、体で言うことを聞かせてやる。

春太郎が何度も間近で見てきた、男と女の痴話喧嘩である。

「おけい、手前、おれをぶすりとやるつもりなのかい。おい、お前らしくないじゃあねえかよう」

今、園部某は脅したり宥めたりしながら、おけいを道場から連れ帰ろうとしているところなのに違いない。

「ははは、確かにおけいさんだ。助け船を出しに行ってあげますかねえ」

春太郎はふっと笑って、貫禄十分に道場を出んとしたが、それより先に登世が春太郎を手で制して外へ出た。

女達は春太郎を先頭に、恐る恐る外へ出て成り行きを見守ったが、春太郎の他は皆一様に木陰に隠れたりして顔を隠した。

盛り場で絡まれたりするのは避けたいところであろう。小太刀を習っているといっても、その辺りは女である。浪人相手に立廻れるものでもないと、わきまえているのだ。

弱い立場である自分を何とか奮い立たそうとして小太刀の稽古に励みながらも、こんな時は何も出来なくなる。

春太郎は女達にえも言われぬ不憫《ふびん》さを覚えていた。

せめて自分だけでもしっかりと登世の出方を傍にいて確かめて、皆の気持ちを鼓《こ》舞《ぶ》してあげようと一歩踏み出すと、同じ想いなのであろうか、幼い錬太郎も出て来て春太郎の横に並び立った。

春太郎は錬太郎に、ニヤリと笑ってみせて、

「錬さんは強いねえ」

と、彼の小さな肩を叩いてやった。

「稽古場の前で何を騒いでいるのです」

その時、登世の凜《りん》とした声が響いた。

表通りの曲がり角から立木に囲まれた路地へ入ると、道場の門に続いている。

おけいは門の五間《けん》ほど先にいて、浪人風体《ふうてい》の男と向き合っていた。

「何を騒いでいるだと？　夫婦の話に首を突っ込むんじゃあねえや」

園部長四郎は、登世を睨むと吐き捨てた。

「夫婦だって？　おかしなことをお言いでないよ」

おけいは呆れ顔で言った。

「お前さんと夫婦になった覚えはないよ。これからお稽古があるのさ。とっとと帰っておくれ」

おけいは、登世が見守ってくれているので勇気を振り絞ったようだ。

──うむ、よく言った。

また春太郎はにこりと笑って、錬太郎の肩を叩いた。

「帰れだと？　手前、おれに恥をかかしやがるか！」

長四郎はがなり立てた。

それは登世への恫喝《どうかつ》の意味も込められていた。

登世は黙って二人の傍へ寄ると、

「恥ならとっくにかいていますよ」

長四郎に言った。

「女の尻を追いかけ回して、怒ったり宥めたり、わたしはもう貴方を心の底から情けない武士と思うております」

「ほう、これはおもしろい。情けない武士かどうか確かめてみるか！」

さすがに長四郎も気色《けしき》ばんだ。

「フッ、確かめるまでもありますまい。さあ、おけい殿、稽古場へ入りましょう」

登世は毛筋ほどの動揺も見せずに、長四郎を無視しておけいを手招きした。

「待て！」

「待ちませぬ。貴方に止められる謂《いわ》れは、何もありませぬゆえ。それとも、どうあってもわたしに用があるならどうぞ稽古場へ。小太刀の稽古をつけてさし上げましょう」

「おもしろい。ならば真剣で参ろう」

長四郎は腰の脇差に手をかけた。

不安げに見守る女達は、一斉に腰が引けたが、登世は微動だにせず、

「ほほほ、真剣で稽古などすれば、命がいくつあっても足りませぬ。さて、これを差し上げましょう」

と、傍らに立つ樫《かし》の大木に向かって、腰に差していた小さ刀を抜き放ち一閃させた。

その途端、樫の太い枝がぽとりと落ちた。

小さ刀で、しかも片手技で容易く切れる太さではない。

これには春太郎も瞠目《どうもく》した。

姉弟子達も、登世の秘技を初めて見たのであろう。

皆一様に息を呑み、やがてふッと溜息をついた。

長四郎は腰の脇差から手を放して、まじまじと切り落された枝を見ていた。

そもそも女にまとわりついて金をせびるだけの男である。

真剣勝負どころか、腰の刀はこけ威《おど》しに違いない。登世くらいになると、立った物腰、脇差に手をやる所作で相手の技量などすべて見通せてしまうというものだ。

登世は太い枝を拾いあげ、

「細かな枝を取り除けば、ちょうどよい小太刀になりましょう」

長四郎に差し出した。

「うむ……」

長四郎は返す言葉が見つからず、

「おけい、今日のところは帰ってやろう」

捨て台詞を吐いて踵《きびす》を返した。

「言っておきますが……」

登世はその後ろ姿に、一転して厳しい口調で、

「この後は二度とわたしの弟子に近付かぬようになされませ。もし、この次に今日のようなことがあれば、その時は真剣での立合を受けて立ちましょうほどに」

と、言い放った。

長四郎は、口惜しげに袴の股立《ももだち》をぎゅっと握ったが、そのまま振り返ることなく立ち去ったのであった。

五

「先生、大したもんですねえ。わっちはこんな強い先生に習っているのだと思うと、嬉しくて仕方ありませんよ」

再び稽古場に戻ると、まず春太郎が口火を切って登世を称え、弟子達は口々に、

「おけいさん、よかったねえ」

「先生も立派だったけど、あんたのきっぱりとした物言いも大したものだったよ」

おけいの苦労を慰めたものだ。

春太郎は、武芸帖編纂所に出入りしているので、人間離れした武芸者を見てきている。

それゆえ、遠藤登世の小太刀の腕は生半《なまなか》なものではないはずだと看破《かんぱ》していた。

だが、他の弟子達は登世を立派な人だとは思っていたが、これほどまでに強く、かつ頼りになる師匠だとは、正直なところ思いもかけなかったから、大いに興奮した。

おけいは、師匠に言われて心を強く持ち、園部長四郎には気合をもって相対することが出来た。その上、師匠が白刃を一閃させての凄腕を見せて、憎い男を追い払ってくれた感激が体中を駆け巡り、しばし放心していた。

「今日、ここに来ていない人達は気の毒だねえ」

「まったくさ。先生の恰好よさときたら……。それを見逃したというのはねえ」

「あたし達はついていたんだね」

稽古場はお祭りのようになった。

女であっても やれば何でも出来るような気になると、今までのような愚痴めいたことは誰も言わなくなっていた。

登世自身も興奮していた。

弟子達の手放しの喜びようを見ると、師としての自分の役割をしっかり果せたことが誇らしかった。

抜身を揮ったのは、いささかやり過ぎであったかもしれないが、相手は登世の腕前をまのあたりにして、下手をすれば真剣勝負で斬り倒されていたところだと、恐ろしさを体で覚えたはずだ。

あれくらいしておかねば、おけいはまた危険に身をさらすことになるだろう。

その意味においては爽快であった。

とはいえ、師匠が成果に酔っていては収拾がつかなくなる。

登世は落ち着き払って、

「さて、稽古の続きをしましょう」

と、稽古場に弟子達を整列させると、小太刀の稽古を再開させた。

当然のごとく稽古場には今までにない活気が生まれた。

中でも、登世の妙技と浪人相手に見せた気合に心打たれた春太郎の勢いは止まらなかった。

彼女は気炎流の型を、既にそっくり覚えていて、そのひとつひとつに込められた理屈をも捉えていた。

姉弟子達は未だに、こう打てば相手がこのように応えるはずだ、それゆえ次にこう打つのだという理屈がわかっていない。

また、型の動きを難なくこなすための素振り、踏み込んでの打ちなど、最後にひとつの術に辿《たど》り着くための手段を考えながらする癖が付いていなかった。

となると、春太郎の組太刀の相手を務められるのは登世しかいないことになる。

ゆっくりゆっくり型をなぞり、しっかりと型の動きを確かめるのもよいが、それでは実戦に役立たない。

組太刀は、どんどんと間合を詰め、早い打ちを互いに繰り出して、ともすれば僅かな間合を違えて、相手の打撃を身に受ける恐れを抱くくらいでなければ意味がない。それが練達者の稽古というものだ。

登世は、小太刀の稽古用の袋竹刀を春太郎に与え、自分は剣術用の長いそれを構

えてみせると、

「少し早い間でしてみましょう」

太刀対小太刀の型の相手を務めた。

「お手柔らかに願います」

春太郎は一瞬ニヤリと笑ったが、すぐに表情を引き締めた。

袋竹刀を互いに使うというのは、素早い動きについていけないと、登世の打突《だとつ》をまともに受けるかもしれないという恐れがあるからだ。

問わずとも春太郎にはわかる。

彼女自身は、そろそろこういう稽古をつけてもらいたかったので望むところであった。

二人が対峙すると、たちまち道場内に張り詰めた剣気が漂い、他の弟子達は思わず手を止めて二人の稽古に見入ってしまった。

「やあ！」

「とうッ！」

やがて、登世は上段から下段から、次々と刀術を繰り出し、春太郎は型通りにこれをかわし、または小太刀で払い、受け止め技を返す。

型が体に溶け込み、頭脳がこれに反応しなければ、連続打ちは難しいものだが、春太郎の動きには無駄がない。

十二本の型の内、僅かに登世の袋竹刀を肩にかすらせたのがひとつだけで、巧みに高速の型をやり切った。

「よくできました……！」

登世は満足そうに頷いた。

周りの者達も感嘆していた。

春太郎は、登世へ力強く礼をすると、やがて大きな息を吐いて、

「ああ……、先生に殺されるかと思いましたよ……」

がっくりと肩を落した。

その姿は何とも言えぬ愛嬌があり、稽古場の内はしばし笑いに包まれたのである。

登世も失笑したが、彼女が何よりも嬉しかったのは、錬太郎がけらけらと笑い転げたことであった。

六

その夕。

稽古を終えて一旦深川に戻った春太郎は、再び遠藤登世の道場に現れた。

酒徳利を持っての登場であった。

この日の帰り際に、登世は春太郎に、

「一度、貴女とはゆっくりと話してみたいものですねえ」

呟くように言った。

登世がこんなことを口にするのは初めてであるが、春太郎の出現によって、自分は少し変われたような気がして、自ずとそんな言葉がとび出したのだ。

きっかけは、錬太郎が見せた屈託のない笑顔であった。

春太郎となら、他愛もない話をしているうちに、女としての生き方に何かよい知恵が得られるのではないかと思ったからだ。

とはいえ、それも〝言ってみたまで〟であり、弟子との間柄を和ませて、ほっと一息ついただけであった。

ところが春太郎は、他の弟子の手前声を潜めたが、

「先生、それはよろしゅうございますねえ。わっちも先生とあれこれお話ができれば好いなあ、などと思っていたところでございましてねえ」

と、にこやかに応えて、

「そんなら、わっちは一旦戻って野暮用をすませてからすぐに参ります」

慌《あわただ》しく帰って行ったのだ。

登世は少しばかりうろたえた。

話したいと言ったものの、実際に面と向かってする話も浮かんでこなかった。

それでも、妙に心が浮き立った。

箸が転んでもおかしい年頃に、仲のよい友達と、とりとめもない話をしてはしゃぎながら刻《とき》を過ごす――。

登世にはそんな思い出がなかった。

二親は共に武芸者で、兄弟がいない身は、物心ついた時から気炎流を受け継ぐ運命《さだめ》を背負っていた。

夫に嫁し、子を儲けたのは女としては幸せだったのかもしれないが、登世の恋は自ずと武芸に秀でた男に向けられ、生《な》した子にも気炎流を背負わせねばならなかった。

それを不思議に思うことはなかった。

人には誰にでも運命、宿命といったものがあるはずだが、自分は何をして生きていけばよいのか、極めてはっきり決まっている者はどれほどいるであろうか。

そして、はっきり決まっている者の方が、迷いがない分楽ではないかと、登世は思ってきた。

厳しく育てている錬太郎に対しても、それが息子にとって幸せなのだと信じて疑わなかった。

しかし、錬太郎の成長と共に、幸せというものにはもっと幅があるのではないかと思えてきた。

自分が息子に施している育て方は、親からの受け売りであり、果してそれが正しいのであろうか。

人として自分には足りないものが多い。件《くだん》のごとく、友達ととりとめもない話をしてはしゃいだ思い出もない。つまり暮らしに幅がなかったのだ。

そこに気がつき始めた時に、春太郎がひょっこりと現れた。

まだほんの十日足らずの付合いというのに、彼女と一緒にいるだけで登世は楽しくなった。

それが登世にとって今の暮らしの〝幅〟になっていたのである。

今日はおあつらえ向きに、近在の百姓が立派な鯉《こい》を届けてくれた。時折、その家の隠居が小太刀を習いに来ていて、そのお礼だと言う。

そうして夕方になって現れた春太郎は、

「これが夕餉の肴《さかな》になるってわけですか？」

鯉を見ると大喜びで、錬太郎に手伝わせて〝あらい〟と鯉こくをてきぱきと拵えた。

料理が出来ぬ登世ではないが、春太郎が捌く方が何だか美味そうで、彼女がするままに任せた。

何よりも錬太郎が楽しそうにしているのが、見ていて心地よかったからだ。

一度ゆっくり話してみたいと声をかければすぐに応じて、その日の夕べに酒徳利を手に現れる。

来たらもう自分の家のように台所を使いこなして酒肴《しゅこう》を調《ととの》える。

そして錬太郎を巻き込むのが実にうまい。

お蔭で、久しぶりに母子二人きりではない夕餉の膳を囲むことが出来た。

「すまぬことをいたしました。春殿はこれからが稼ぎ時ではなかったのですか」

登世は気を遣ったが、春太郎は激しく頭を振って、

「わっちは芸を売るのが本分でございますから、日が暮れてからばかりが稼ぎ時でもございませんでね。今も昼間のお座敷にひとつ顔を出してから、やって参った次第で」

こともなげに言って、登世にまず酒を勧めた。

「先生は、お酒の方も達人なんでございましょう」

「滅多に飲みませぬが、嫌いではありません」

「そんな気がしておりましたよ。さあどうぞ喉を濡らさないと、言葉がすっと出てきませんから……」

春太郎は、茶碗に冷や酒を充たして、登世の前に置くと、

「錬さん、お前さまはまだ飲めないのに、何やら申し訳ありませんねえ」

そう言って片手で拝んでみせると、飯を食べる錬太郎には熱い茶を注いでやった。

子供の前では、なかなか本音に触れる話も出来まい。そのうち錬太郎が床に入って眠りにつくまで、春太郎はぺらぺらと小太刀の話を始めた。

そういう人の心の機微を捉えるのは、春太郎の妙技と言えよう。

母と子は、鯉に舌鼓を打ちながら、まずは春太郎の話に聞き入った。

「先生、どうなんでしょうねえ。わっちの小太刀は、ちょっとは使えるのでしょうか」

春太郎は、まず小太刀について、自分の才はあるのかと訊ねた。

「才があるか？　貴女の勘は本当に大したものですよ」

「先生は誉めてくださりますが、所詮は女ですからねえ。気に入らぬ野郎共を叩き伏せるのには、まだまだ稽古が足りないでしょう」

「ふふふ、余ほど叩き伏せたい者がいるのですねえ」

「おかしゅうございますか？」

「いいえ、うちに習いに来ている人達は、皆、そんなところですが、貴女なら、そんな奴など相手にせず、上手に世の中を渡っていくのではないか、そんな気がしましてね」

「はい、確かに相手にするまでもない奴らでございますし、そんなのをいちいち相手にしていたら、深川みたいな盛り場では暮らしていけません」

「だが、そ奴らだけは許せないと」

「はい」

「いったい何があったのです？」

「そいつは前から、何かと頭にくるならずものでございましてね……」

深川で春太郎を贔屓にする客には、富裕な材木商、香具師《やし》の元締、さらに新宮鷹之介のような強い旗本など、頼りになる男達が多い。

登世が言うように、名物芸者の春太郎は誰からも一目置かれているし、わざわざ争わずとも自分に害は及ばぬはずであった。

しかし、春太郎は自分の手で、そ奴を叩き伏せねば気がすまなくなっていた。

そ奴は蓑一《みのいち》という三十過ぎの破落戸で、あれこれ人の弱みを暴き立て、金を強請《ゆす》るという春太郎が何よりも嫌いな男であった。

いつか思い知らせてやろうと思っていたところ、町で蓑一を見かけた。

数人の仲間達と立ち話をする場を求めて、蓑一は路傍の稲荷社の前へと移動していたのだが、その場には幼い子供達がいて、社の前に自生している野花を愛《め》でていた。

蓑一はつかつかとそれへ寄ると、野花をいきなり足で踏み潰して、

「おう、花は枯れちまったぜ。あっちへ行きな」

と、子供達を邪険《じゃけん》に追い払ったのだ。

春太郎はさすがに黙っていられなくなり、

「ちょいと、子供達を追い払うなら、小遣い銭のひとつもやりゃあいいじゃないか。花を踏み潰すこたあないだろ」

と、詰《なじ》った。

すると蓑一は、春太郎を鼻で笑って、

「何でえお前は、頭がおかしいんじゃあねえのかい。今度はお前を踏み潰してやろうか。さっさと失《う》しゃあがれ」

と返してきた。

「そうかい、お前達はわっちを知らないんだね。そんなら今度会った時に名乗りをあげてやるよ」

春太郎は、そう言い置いてその場は引き下がったが、頭にきてならなかった。

路傍に健気に咲く野花。それを愛でる子供。

この美しい風景を無残にも消し去った蓑一は許せない。

今度名乗る時は、目にもの見せてやると心に誓ったのだ。

「ふふふ、なるほど、そうでしたか」

登世は詳しい話を聞いて納得した。

「わっちが頭にくるのはわかるでしょう。思案していると、ちょうどその時、贔屓にしてくださる殿様から小太刀を勧められたってわけで」

すると、自分におあつらえ向きの道場が浅草にあると耳にしたので、すぐに訪ねたのだと春太郎は言って、茶碗の酒をきゅっと飲み干した。

錬太郎はそれを珍しそうに眺めて、

「春どのは、酒がすきなのですね」

と、目を丸くした。

「ええ、お酒じゃあ男にもひけはとりませんよ。うわばみって言われておりますからね」

「うわばみ？」

「大きな蛇のことですよ。蛇は何だって丸ごと飲んじまうでしょう」

「そういうことか……」

「へへへ、そうなんですよ」

春太郎がにこりと笑うと、

「わかりました。そういう奴はわたしも大嫌いです。目にものを見せておやりなさい。次からは蓑一退治のための稽古を考えましょう」

と、登世も意気込んだ。

「先生、そいつは助かりますよ……」

春太郎は身を乗り出した。

それから登世は、一撃必勝の技を熱く語り始めた。

その稽古の概容を話し終えると、錬太郎は眠りについていた。

七

「子供の寝顔ってのは、見ていると心が和みますねえ」

春太郎は隣室に錬太郎を運んで寝かしつけると、再び居間に戻って登世に頬笑んだ。

登世も笑顔を返して、

「ここからが大人の話ですか？」

と、楽しそうに言った。

「まずそんなところで……」

春太郎は酒を注ぐと、

「ひとまずおけいさんは、深川へ連れて行って、頼りになるところへ預けておきました」

園部長四郎と一悶着《ひともんちゃく》あった、おけいについての報告をした。

長四郎を追い返したは好いが、おけいに後難が及ぶかもしれず、長四郎の動きが知れるまでは、山谷堀から身を隠している方がよかろう。

春太郎はそう思って、深川佃町《つくだちょう》にある知り合いの居酒屋におけいを預けたのだ。

店の方も以前から、客あしらいが出来る女中を探していたし、主人も男伊達で知られている。春太郎は我ながら上出来であったとほくそ笑んでいたのである。

「ああ、わたしとしたことが……」

登世はそこまですぐに気が回らなかった自分を恥じた。

弟子と向き合うのは、そこまでしっかり考えてしないと、ただの余計なお節介《せっかい》になってしまうというものであった。

「いえ、こんなことは気がついた者がやればよいのですよ。おけいさんだって素人じゃあるまいし、男ときっぱり手を切る時に何をしないといけないかはわかっているはずですから、先生がそこまで考えなくてもいいと思いますよ」

春太郎は登世の不安を一気に取り去った。

「なるほど、そうなのですね……」

登世はほっと息をついた。

「おけいさんは、先生にはお礼のしようもないと、泣いて喜んでいましたから」

春太郎は続けた。

「では、わたしも少しは好い師匠になれたのですね」

登世は心地よい酒の酔いに頰を染めると、春太郎をじっと見て、

「一度、訊いてみたかったのですが、春殿は武家の出ではないのですか？」

日々、訊ねてみたかった想いを告げた。

「そのように見えますか？」

「ええ、武芸への勘が、その辺りにいる男勝りを売りにする女とはまるで違う」

「当らずとも遠からずというところですねえ」

「というと？」

「母親はわっちと同じ三味線芸者だったのですがね、甲斐性のない浪人に惚れちまって、できたのが春……、すなわち春太郎ってわけでございます」

「やはり、その血が流れているから、これほどまでに吞み込みが早いのですね」

「さあ、それほどのものでもありませんが……」

「して、そのお父上は？」

「二親共に亡くなりました」

「そうでしたか。では三味線は母親に？」

「はい、教わりました」

「父親からは武芸を？」

「あまり一緒にいたことはなかったのですが、この父親は武芸をもって世に出ようとした人で、少しだけ教わりました」

「では、春殿には既に武芸の下地ができていたのですね」

「下地なんてほどのものじゃあありません。それが身についていないから、先生に小太刀を学びに来たわけです」

「しかし気になります。教えてもらったという武芸を見せてもらいたいものです」

「ふふふ、勘弁してくださいまし。今は蓑一を倒す術を先生に習いとうございます」

春太郎は照れ笑いを浮かべて、また茶碗の酒を飲み干した。

登世は、いきなりあれこれと春太郎の過去を問うのも憚《はばか》られて、

「では、お父上の武芸のことは、蓑一退治の術を確と指南できた後に」

と、締め括った。

「ありがとうございます……」

春太郎は手裏剣術の達人であるが、ここでは一人の弟子として登世に小太刀の術を学びたかった。

彼女の父・富澤秋之助《あきのすけ》は、手裏剣術の他に、

「いつでも手裏剣を打てるわけではない。いざという時のために、刀術を覚えておくがよい」

春太郎にそう言っていた。しかし春太郎は、売れない角野流手裏剣術にこだわり、母・おゆうに貢《みつ》がせるだけ貢がせた上に死なせてしまった父を恨んでいた。

手慰みに手裏剣は打ち興じたが、武芸など父から学ぶつもりはなかった。

だが、その死に際して危険な仕事に手を染めてまで、娘に四十両の金を遺した父を思うと、春太郎は武芸者などにはなりたくないと言いつつ、

——学んでおけばよかった。

と悔やむ想いも心の内に潜んでいた。

そんな中途半端な自分が、武芸一筋に生きてきた遠藤登世に、武芸の何を語られようか。

「わっちのことより、先生の話を聞きとうございます」

と、逆に問いかけた。

春太郎も、父に手裏剣を仕込まれた身である。登世の来し方には興をそそられていた。

話を聞けば、亡き両親の想いが少しはわかるような気がしたのだ。

「わたしの話？　ふふふ、語るほどのものではありませぬよ……」

登世はそう言って笑ったが、詳しく語らずとも、自分達母子の苦節を少しだけ春太郎相手に話したくなっていた。

春太郎なら、自分の想いを理解してくれると思ったからだ。

登世はその辺りにいる男とは、比べようもないほどに辛抱強く、愚痴はこぼさぬ女であるが、人というものは誰もが時に、己が歴史を誰かに語ってみたくなる時があるらしい。

「物心がついた時には、小太刀を振っていたような……」

気炎流は母方の祖父が開き、母がこれを受け継ぎ自分に伝えたのだが、同じく小太刀の名手であったという父とは、顔も知らぬままに逸《そ》れ、母も登世が十八の時に亡くなった。

　これでは気炎流を遺しようもなく、登世はこれもまた小太刀の名手であった夫と夫婦になり、夫の助力を得つつ、二人の間に生まれた錬太郎に望みを託した。

　夫は甲源一刀流《こうげんいっとう》の遣い手でもあり、いつか己が流派を興し、錬太郎に気炎流と共に受け継がせようと考えていた。

　しかし、五年前に夫は剣術における争いごとに巻き込まれ、果し合いに臨んだ。勝負には勝ったものの、自分も手傷を負い、その傷が因《もと》で錬太郎を己が手で育てる間もなく亡くなった。

　それ以後は、ただただ必死で登世は生きてきた。

　己が技を磨きながら錬太郎に教え、そして方便を立てる毎日に、女としてのゆとりなど何もなかった。

　幸いにも夫が幾ばくかの金を遺してくれたので、小さいながらもこの地に道場を構えることが出来た。

　といっても、まだ二十歳を少し超えたくらいの女武芸者に、小太刀を習いに来る者はいなかった。

それゆえ、登世は弟子の範囲を、近在の百姓、町の衆に広げて、謝礼は一稽古毎に三十文と決め、誰もが習い易くなるよう工夫をした。

そのうちに女師匠であればこそと、町の女達が通うようになったのである。

「まず、このようなものです」

話し終えると、登世の表情もさっぱりとしていた。少しは過去を語ることで、気が晴れたようである。

春太郎は登世の苦労を思うと切なくなった。気炎流についてもっと詳しく訊きたかったが、彼女もまたそこまで訊ねるのも憚られて、

「では、気炎流についての詳しい話は、わっちが晴れて蓑一を退治した後にお聞かせくださいまし」

と、そこで話を締め括ったのであった。

登世は久しぶりに酒宴を開いたことが楽しかったようで、

「春殿、よかったら今宵は泊まっていきませぬか」

と勧めた。

明日はしっかりとここで稽古をしたかった春太郎は、

「そうですねえ、今日はもう稼ぎに出るつもりもありませんし、そうさせてもらいましょうか」

と、登世の誘いを受けた。

登世は喜んで、春太郎の寝床を居間に用意せんとしたが、

「今宵は若先生の顔を見ながら眠りにつきとうございますよ」

と、錬太郎の傍に布団を敷いて寝た。

暗闇に浮かぶ錬太郎の寝顔は、痛いほどにあどけなく、春太郎の胸をかきむしった。

流派を受け継ぐべき武芸者の子供に生まれたのは、春太郎も同じであった。

春太郎は、父・秋之助の死によって角野流手裏剣術を継承する身になった。

秋之助は春太郎がその子に、さらに流儀を相伝《そうでん》することを望んでいたのかもしれない。

すやすやと寝息をたてている錬太郎を見ていると、自分にもこんな子供がいたらどれほど、日々の励みになるであろうと思えてくる。

父が遺してくれた金で、春太郎は自前の芸者になれた。今から子を生《な》したとて遅

くはあるまい。

一流を継ぐ者として、子を生し、その子に伝えていくことは使命なのかもしれない。

その意義があるから、登世はあらゆる女の幸せを犠牲にしても、母子で生きていけるのであろう。

そして、母子の姿は春太郎の目には、とても美しいものに映る。

しかしその一方で、春太郎は登世が哀れに思えた。

生まれた時から気炎流を背負わされ、登世はそれを素直に受け入れてきた。

さらに何の疑いもなく、己が子にも同じ定めを強《し》いている。

――自分にはそれができない。

武芸を継承するために子を生すのは間違っていると思うからだ。

母・おゆうは、角野流手裏剣術を師から受け継いだ富澤秋之助の子を宿し産んだ。

だがそれは、秋之助の流派を継がすつもりで産んだのではなく、惚れた男の形見を己が腹に宿さんとして得た宝であった。

おゆうは秋之助に惚れて、彼の武芸修行に貢いだが、角野流に惚れたのではなかった。富澤秋之助という一人の男に惚れたのだ。

ゆえに春太郎は、母親の女としての生き方を継承し、今まで血脈に縛られずに生きてこられた。

登世が自分にないものを春太郎に見たとすれば、その部分であろう。

彼女の目から見れば、春太郎は実に自由闊達《かったつ》に生きているように映るのに違いない。

登世と春太郎は、どこか似た境遇であるから互いに惹かれるのだ。しかしその実、まるで生き方が異なる。

深く付合ったとて、結局は相容《あい》れぬ間柄なのであろう。

春太郎はそのように悟っていた。

八

酒を酌み交わし、互いのことを語り合った春太郎と登世は、尚いくつかの謎を残したまま朝を迎えた。

二人の交誼《こうぎ》は深まったが、春太郎は馴れ合いを避け、あくまでも師弟の間合をとって登世に接した。

そして、春太郎は朝から猛稽古を求めた。

「そんなに体をこき使ってまで強くなりたかありませんよ……」

お前には武芸の才があると、武芸帖編纂所の面々に言われながらも、春太郎はそのように応えてきた。

手慰みで、おもしろづくでやるから手裏剣の腕は伸びたし、未だに成長しているような気がする。

この術さえあれば春太郎は満足であったし、角野流手裏剣術は編纂所の武芸帖に記されているから、後世に伝えるという意味では自分の役割は終っている。

歌舞音曲《かぶおんぎよく》の芸を高めねばならない身には、

「わっちは武芸者にはなりませんよ」

という言葉しか出なかった。

しかし、馬鹿の嚢一を叩き伏せてやりたいと思った時、武芸者の娘である血が沸いた。

同時に武芸者として修行に励んだ父の日常を垣間見てみたくなった。

それがこの日の稽古に込めた春太郎の想いであったのだ。

春太郎は本気で小太刀に挑んでいる――。

登世は彼女のやる気を見てとって、いよいよ蓑一退治の策を与え、稽古をつけたのである。

「春殿に何よりもわかり易く言うと、序破急《じょはきゅう》で当りなさい」

まず登世はそう言った。

芸道ではよく使われる言葉である。

まずはゆっくりと穏やかに、そこから拍子が入り、そして速く。三味線の調子などではそのような心得としている。

「まずは、怒らず、騒がず、ゆったりとして臆さず、相手との間合を詰める。そこから一気に己が間合にとび込む。そして一気呵成《いっきかせい》に……」

登世はいくつかの戦いを想定して、それぞれ演武してみせた。

春太郎は、なるほどと頷いてこれに没頭した。

取り憑《つ》かれたように体を動かす春太郎を見て、登世は改めて感じ入った。

茶目っけたっぷりな春太郎が、一旦演武をすると鬼気迫る表情となり、しかもたちまちのうちに術を自分のものとして吸収するからである。

——春殿は、亡くなった父親と術の中で話をしている。

登世はそのように見た。登世は父親の顔は知らぬが、気炎流の型を演武すると、母親の姿が見える時がある。

あらゆる因果を押しつけられた母であるが、術をなぞると母の苦悩が自分の体内で蘇り、親への憧憬《しょうけい》と情が湧いてくるのだ。

春太郎は大いに手応えを得て、それから三日の間、商売そっちのけで稽古に通い、身に防具を着けた上での立合もこなし、打突の感触を確かめた。

「先生、これでひとまず蓑一退治に行って参ります」

春太郎はその稽古を終えると、出陣を告げた。その辺りの女なら、とてもではないがこの短かい間に体得出来るはずのない術を春太郎は既に身に付けていた。

新宮鷹之介との出会いによって、彼女は知らず知らずのうちに武芸の勘と動きを学んでいたのである。

「貴女のことゆえ、止めはいたしませぬ。助太刀にも参りませぬ。どうぞ御武運を

「……」

登世はそう言って春太郎を送り出した。

そうすると、初めて師範としての自覚と喜びを得られたような気がした。

春太郎は、登世の横で頰笑む錬太郎にひとつ頷いてみせると、既に誰も弟子がいなくなった新鳥越町の道場を出た。

すると、夕暮れの路地に黒い影が通り過ぎるのを覚えた。

――こっちの方も片をつけないとねえ。

春太郎は、道場を時折窺い見る黒い影の存在をここ数日覚えていた。

こっちの方の馬鹿は、恐らく園部長四郎の絡みであろう。

――ふッ、世の中、馬鹿な野郎が多過ぎて困るよ。

春太郎は注意深く辺りを見廻すと、そっと髪に手をやった。

髪には針状の手裏剣が仕込んである。

しかし、怪しい黒影はもうどこにも気配を残していなかった。

九

翌日の昼下がり。

春太郎は鳴海絞《なるみしぼ》りの単衣《ひとえ》を粋に着て、帯は細めに締め、そこに件の鉄扇を差し、蓑一がよく現れる三十三間堂《さんじゅうさんげんどう》裏に出た。

――まったく何を考えているのだろうね。

春太郎は自分自身がおかしかった。

確かに蓑一は春太郎がもっとも嫌いな男であるが、そこまでむきになって狙わなくても、そのうち誰かに町を追い払われるか、御上の厄介になるだろう。

だが、どうしてもこの手で叩き伏せねば気がすまなくなったのは、自分の腕を奴で試してやろうと考えたからに他ならない。

新宮鷹之介に出会ってから、春太郎は武芸者の娘である自分を意識し始めた。

「春太郎、そなたには武芸の才がある」

あの律々《りり》しき殿様からそう言われると、次第にその気になってきたのだ。

近頃は、武芸帖編纂所に将軍家別式女《べっしきめ》である、藤浪鈴《ふじなみすず》が出入りするようになった。

鈴は改易《かいえき》になったとはいえ、かつては大名家の姫であった。

家の出も教養も品位を兼ね備えた上に、若葉が萌《も》えるかのような瑞々《みずみず》しさと美しさに溢れている。

そして、彼女は鷹之介を慕っている。

妬《ねた》むつもりはない。

しかし、鷹之介に小太刀を勧められた時、これを素直に受けたのは、どこかで鈴と張り合ってみたくなったからかもしれなかった。

まずその血祭りに選ばれたとすれば、蓑一にとっては災難であったに違いない。

――だが思い知らせてやる。女だと思って馬鹿にすると痛い目に遭うと。

春太郎は、路傍の花を邪険に踏み潰し、

「今度はお前を踏み潰してやろうか……」

とほざいた蓑一の顔を思い出すと、闘志が湧き上がってきた。

――ふッ、いやがった。

三十三間堂の裏手に、通り過ぎる者達にちょっかいを出しながら徘徊《はいかい》している蓑一を見つけた。

今日は乾分《こぶん》二人を連れている。

「ちょいと、わっちを覚えているかい？」

春太郎は不敵な笑みを浮かべて声をかけた。

蓑一は怪訝《けげん》な顔で春太郎を見たが、すぐにへらへらと笑って、

「誰かと思えば姉さんかい。忘れちゃあいねえよ。今日は何でえ、おれと遊んでくれとでも言うのかい？」

なめるように春太郎を見た。

「ああ、その通りだよ。お前の頭をかち割る遊びさ」

春太郎はそう言うと、ゆったりと蓑一の傍へとにじり寄った。

「ふふふ、おもしれえ女だぜ。どうやってかち割るんだよ」

いつの間にか間合を詰められているとも知らず、蓑一は相変わらず笑っている。

「こうしてかち割るのさ」

ゆったりとした春太郎の動きは、突如として調子が変わって、気がつけば六骨の扇子が喉元に突きつけられていた。

蓑一はよほど恐怖を覚えたのであろう。

「て、手前……」

思わず懐に呑んだ匕首《あいくち》に手をかけようとした。

「ほう、女相手に匕首を抜こうってえのかい。おもしろい、こっちも得物を使い易くなるってもんだ」

春太郎はニヤリと笑って、

「さあ！　抜いてみな！」

と叫ぶと、そこからは一気に扇で蓑一の右腕、左腕を打ち、腹を突き、前屈みになったところを面に打ち、狙い通りに蓑一の頭をかち割ってやった。

自分でも信じられないほどの圧勝であった。

為《な》す術《すべ》もなく、春太郎の扇で体中を叩かれた蓑一が、額から血を流して倒れるのを見て、乾分二人は逃げ出した。

「ふん、弱い奴らだ。やい、蓑一！　わっちは辰巳の春太郎さ。ようく覚えておくんだね」

春太郎は前回の約定《やくじよう》を守り、堂々たる口調で己が名を告げると、そのまま浅草へと出かけた。

もちろん、遠藤登世にこの成果を報せに行くためであった。

健脚の春太郎は快調に大川端《おおかわばた》を走るように進み、大川橋を渡って半刻《はんとき》（一時間）ほどで、遠藤道場に着いた。

稽古場へ入ると、登世は大喜びで迎えてくれた。春太郎の立居振舞《たちいふるまい》を見ると、一見して大勝したことがわかった。

姉弟子達や新参の弟子達も、今日は多くが稽古場に出ていて、登世から報されていたのであろう。春太郎の周りに集まってきて、口々に壮挙《そうきょ》を称えてくれた。

「先生、ありがとうございました。こちらに通わせてもらいましたのは、馬鹿を退治するためでございましたが、それもつつがなく終えましてございます。わっちはこれでしばらくお暇《いとま》いたします……」

春太郎は、恭《うやうや》しく礼をした。

深川での仕事がある限り、そうもここまで通うわけにはいかなかった。

新宮鷹之介に勧められて小太刀を習わんとしたが、この道場を選んだのにも理由があった。

「深川からここまで、よく通うてくれましたね。本懐を遂げた後は、また気が向いた時に稽古をしに来てくだされ」

登世は名残《なごり》を惜しんだが、

「はい、そうさせていただきます。ふふふ、今生《こんじょう》の別れを告げに来たのではございませんので」

春太郎はからからと笑って、寂しそうな表情で自分を見つめている錬太郎に頷いてみせた。

すると、春太郎の視線の先に、このところ道場をそっと窺い見る影が目に入った。

影は稽古場の格子窓の細い隙間からちらちらほらと見える。

これに気付かぬ登世ではあるまい。

「先生、このところちょろちょろとねずみが周りをうろついておりますようで」

春太郎は声を潜めて問うてみた。

「ええ、そのようで……」

やはり登世は気付いていたが、そこは武芸者である。肚《はら》の据り方が違う。

「そろそろ追い払わねばならぬかと思うておりますが、噛みついてくるほどの気概もないねずみと、打ち捨てております」

「さすがは先生。では、わっちがちょいと脅しておきましょう」

春太郎はそう言うと、やにわに懐から数本の棒手裏剣を取り出して、たちまち格子窓に向かって打った。

手裏剣は、影が潜んでいる窓の格子に、美しく縦一列に突き立った。

窓の向こうで悲鳴があがり、ばたばたと人が逃げる音がした。

稽古場では一斉に感嘆の声があがっていた。

「先生、わっちが親から学んだという武芸はこれでございます。角野流手裏剣術と申します」

登世は何度も頷いてみせて、

「貴女はやはり大した人です。それだけの腕があれば、己が血を分けた子に受け継がせたいと思うてしまうものですが、ただ我が道を生き、堂々としている……」

と、感じ入った。

親から武芸を受け継いだからといって、それを当り前のように子に伝え、茨《いばら》の道を歩ませることが本当によいのであろうか。登世はずっと心の片隅にその想いを持ち続けていたのだ。

「わっちは芸者の子として育ちましたからねえ。母親の稼業を継いだ。ただそれだけのことでございますよ」

春太郎は照れ笑いを浮かべた。

「わっちに小太刀を勧めてくれた殿様は、武芸帖編纂所という御役所のお頭《かしら》でしてね、そこでこの手裏剣術を武芸帖に書き留めてくださったので、まず父親への義理を果したってところでございますよ」

「武芸帖編纂所……」

「そのうち誰か訪ねてくるかもしれませんよ。わっちが売り込んでおきましたからねえ。先だってわっちは気炎流の由緒をお聞かせくださいなどと小癪なことを申しましたが、それはまた、今度一杯やりながらゆっくりお聞かせ願いましょう」

春太郎は、歯切れよく言葉を続けると、道場の壁に掛けられた札を仰ぎ見た。

気炎流小太刀術の師範の名がそれに記されている。

創始者の名が、〝向田宗兵衛《そうべえ》〟、そして現師範が遠藤登世、その間に掛けられている名が、登世の母〝向田秀〟である。

春太郎はそれに一礼すると、錬太郎に頭を下げて、

「錬さん、いや、若先生、しっかりと頼みますよ。ご一同様におかれましては、わっちの隠し芸についてはどうぞご内聞《ないぶん》に……。そんならまたの折に、ごめんくださいまし！」

軽快な足取りで道場を出た。

日はゆっくりと西へ傾いていた。

夏空を行く雲に、亡父・富澤秋之助の顔が浮かんだ。

「お父っさんも、色々と大変だったんだねえ。わっちはぼちぼちとさせてもらいますよ……」

春太郎は、流れる雲を追いかけるように、深川への道を辿った。

第三章　父と娘

一

「いやいや、妙な頼みごとをしてすまなんだな……」

武芸帖編纂所の書院で、頭取の新宮鷹之介が労いの言葉を投げかけた。

その相手は三味線芸者の春太郎こと、富澤春であった。

彼女を取り囲むようにして、一間には水軒三右衛門、松岡大八、中田郡兵衛、お光という編纂所の面々がいる。

春太郎の前には、鮎の塩焼き、鱸《すずき》のあらい、鮒《ふな》の煮こごり、茄子の鴫《しぎ》焼きなどの料理が並んでいて、お光が銚子《ちょうし》の柄《え》を恭しく掲げて酒を注ぐ。

「とんでもないことでございますよ……」

盃を受ける春太郎は恐縮の体《てい》であったが、

「お蔭でわっちも、気に入らない奴を叩き伏せることができて嬉しゅうございました。その上、登世先生を元気付けられたのなら何よりというもので」

手厚く遇されると心地がよく、少し得意気に笑ってみせた。

つい先日、深川の破落戸《ごろつき》・蓑一を六骨の鉄扇で叩き伏せ、一旦、遠藤登世の道場での稽古を終えた春太郎であった。

登世には、頭にくる奴の頭をかち割ってやりたいので、その技を学びに入門したと告げていたが、彼女の入門には初めから鷹之介の意図が働いていた。

水軒三右衛門のかつての相弟子・和平剣造が生前語った、顔も知らぬ娘。

それは若き頃の彼が、向田秀という小太刀を遣う女武芸者と束の間情を交わしたことで生まれたのだという。

噂でその存在を知っただけの娘である。剣造は会うこともないであろうと言って、そのまま胸の病に倒れ帰らぬ人となってしまったが、向田秀がもし娘に小太刀の術を伝授していたとすれば、

「その小太刀術を是非、武芸帖に記さねばなるまい」

と、鷹之介は即断した。

既に三右衛門が若き日に出会ったという向田秀もこの世にないという。

それならば、三右衛門のかつての相弟子・和平剣造の名を残す意味においても、娘の今を探るべきであると考えたのだ。

三右衛門は、自分の相弟子ならば丁重に遇さねばならぬと固く信じる鷹之介に感涙を禁じえなかったが、

「さりながら、剣造の娘を探し当てるのは至難の業でござりましょう」

と、わざわざ武芸帖編纂所が取り上げねばならない案件でもないと遠慮した。

それは確かに当を得ていたが、話を聞いた中田郡兵衛が、

「まず小太刀の武芸帖に、向田秀殿のことが記されているか調べてみるべきかと……」

と提案した。

大名旗本諸家からこれまでに提出された武芸帖の中にその名が記されているかもしれないと、彼は考えたのである。

なるほどその通りだと、片っ端から調べてみると、果して遠州《えんしゅう》掛川《かけがわ》太田《おおた》家のものに、〝気炎流小太刀術・向田秀〟の記述があった。

これによると、秀は父・宗兵衛から伝授された小太刀術を太田家奥向きの女達に指南したことがあったらしい。

〝気炎流〟なる耳慣れない小太刀術が記されているとなれば、そこからの調べは早かった。

気炎流を引き継いだ者の名は記されていなかったが、この流儀を掲げ、小太刀を指南している道場があるかもしれない。

そう思って、方々役所に問い合わせてみると、遠藤登世が開いている小さな道場の存在が明らかになった。

姓が遠藤となっているのは、登世が遠藤某に嫁いでいたからのようで、彼女は既に後家となり、幼い男児を育てているらしい。

思いの外に早くわかって鷹之介は大いに興奮したのだが、

「さて、どうしたものであろう……」

いきなり武芸帖編纂所の者が訪ねるのもいかがなものかと思案した。

遠藤道場は、女相手に小太刀術を指南して、細々と続けられていると聞く。

様子から考えると、遠藤登世は息子が成長するまでの間の方便として小太刀指南をしているようである。

いきなり編纂所が乗り込んだりすると、当惑するであろうし、三右衛門としては登世が和平剣造の忘れ形見であると確かめ、剣友に代わって彼女を支援したいところではあるが、

「本人は、剣造が父親であることを知っているか、まず確かめとうござりまする」

と考えた。

向田秀は、登世のことについて和平剣造に一度も報せてこなかった。

その理由は色々な見方があろう。

秀は剣造の小太刀の才の血が欲しくて彼の種を宿したが、当時の剣造は若く将来を嘱望《しょくぼう》される剣士であったから、

「決して迷惑はかけたくない」

と、考えたのかもしれなかった。

ゆえに娘には父の存在を伏せていたと、十分に考えられる。

また、剣造に報せると、

「おれの娘には、おれが稽古をつけてやる」

などと出しゃばってくるのではないかと、恐れたのかもしれない。

秀も剣造も既にこの世にいないのだ。

三右衛門としては、登世に剣造のことを伝えておきたいが、それにはある程度の順序を踏む必要があるはずだ。

その想いについては、鷹之介も松岡大八も大いに理解出来る。

かくなる上は、ひとまず遠藤道場について詳しく知るべく、誰かを送り込むのが何よりであった。

遠藤道場の門人の特徴を見ると、すぐに浮かんだのが春太郎である。

そこで鷹之介は、三右衛門を伴い深川で春太郎を座敷に呼んで、ことをわけて話した。

「それは、わっちなんぞより、強い強い鈴さんに行ってもらったらどうなんです」

春太郎は、将軍家別式女として大奥の武芸を取り仕切っている鈴の名前を出して、もったいをつけたが、ちょうどその折に頭にくる破落戸・蓑一の存在もあり、遠藤登世の下で小太刀を習うことを了承した。

それから先は前述の通りである。春太郎は登世の心を慰め、蓑一を六骨の鉄扇で打ち据えた。

鷹之介は春太郎の報告を受け、大いに満足をした。

ひっそりと暮らしていた登世を前向きにさせた上に、深川での贔屓に武芸帖編纂所の頭取がいて、気炎流小太刀術を売り込んでおいたと告げてあるという。

これで道場を訪ねやすくなるというものだ。

とはいえ課題は残っている。

登世は自分の父親については一切語らなかった。

自分の父親について語った春太郎も、何かわけがありそうな登世の二親についての逸話は、聞き出せぬまま終っていた。

しかし、登世の父親は、彼女が物心ついた時には亡くなっていたと伝えられていた。

実際は、生き別れになっているのを、そのような体にしているのかもしれなかったが、

「まあ、登世先生の心の内はほぐしておきましたからね。この先は水軒先生の方でうまく聞き出しておくんなさいまし」

と春太郎は言う。鷹之介は頷いて、

「うむ、小太刀術の編纂ということで、ここは三殿が何度も足を運ぶに限るな」

しかつめらしく言った。

「それはよろしいが、わしのような者が通うとかえって迷惑がかからぬかな」

三右衛門は春太郎に問うた。

「何が迷惑なものですか。水軒先生はなかなかの遊び人ですからねえ、稽古に来ている姐さん方が、〝頼りになる先生〟なんて言って寄って来ますよ」

登世とて公儀の役所から流儀について調べに来られるのは名誉なことで、大いに喜ぶはずだと春太郎は言う。

「それに、ちょいとばかり怪しげな連中が道場を窺っておりましたからね。先生のような強い人が通ってさしあげると皆、心丈夫というものですよ」

春太郎はさらに、おけいという酌婦に付きまとっていた園部長四郎という不良浪人と、そ奴を登世が追い払った後に、何度となく道場を窺い見ていた黒い影の存在を一同に伝えた。

「なるほど、登世殿が後れをとることもあるまいが、女の弟子が多い稽古場ゆえ、当分の間は気をつけた方がよいな。三殿、ここはしばらくの間、浅草に詰めてもらおうかな」

鷹之介が告げると、間髪をいれずに松岡大八が、

「三右衛門、そうしてさしあげるがよい。老いたりとはいえ、おぬしの色気もまだまだ捨てたものではない。楽しみじゃのう」

からかうように言った。

「何の話だ。くだらぬことを申すな」

三右衛門は口を尖らせたが、今は亡き剣友・和平剣造の供養が、役儀として果せるのならこれほどのことはない。

「畏《かしこ》まってござりまする。様子を見て、剣造については伝えてみるつもりにござりまする」

三右衛門は、鷹之介に威儀を正した。

「しからばそのように……。好い編纂ができそうだ。さあさあ、春太郎姐さん、今

日は我らがそなたをもてなす番ゆえ、大いに楽しんでくれ」

鷹之介はにこやかに三右衛門に託すと、春太郎に酒と料理を勧めた。

「そんなら遠慮なく……」

春太郎は、酒と料理に舌鼓を打った。

この宴のために新宮家の老女・槇《まき》と、女中のお梅《うめ》が、お光に手伝わせて腕を揮った料理であった。

旬の魚で一杯やるのは、酒好きの春太郎には堪《こた》えられない。

ほどよく酔いが回り、上機嫌になったところで鷹之介は、

「春太郎、いや富澤春殿。ついては気炎流小太刀術の型や組太刀を拝見仕《つかまつ》りたい」

と、新たな願いごとをした。

「気炎流小太刀術ですか？　そりゃあまあ、わっちが登世先生に納めた束脩やお礼は、そっくりこちらから出してもらいましたので、そいつは当り前のことでございます。今日はたっぷりと飲ませていただいて、明日の朝にでもご披露いたしましょう。これでわっちも、ちょっとは小太刀を遣えるようになりましたのでね。まあ、いずれさまも、見て誉めてやってくださいまし。ほほほ……」

自分は武芸者などにはまったく興がそそられない。気楽に芸者稼業を続けて、手裏剣を手慰みにしていれば、もうそれでよい――。

そう言い続けてきた春太郎であったが、思いもかけず小太刀術と出合い、自分にその才があることに気付き、術を身に付け、町の馬鹿を苦もなく叩き伏せた。

その爽快感が、労いの宴の酒で一気に噴出したようだ。

「で、どなたがわっちの組太刀の相手を務めてくださるので?」

「うむ、鈴殿が来ることになっている」

「鈴殿……?」

二

武芸帖編纂所の歓待を受けた春太郎は、日頃の客に気を遣う酒席から解き放たれ、好きな酒をしこたま飲み、随分と好い調子であったのだが、

「鈴さん相手に組太刀をするなんて聞いてなかったよ……」

その日は編纂所の客間に泊まり、迎えた翌朝は渋い表情でぶつぶつと文句を言っ

ていた。

新宮鷹之介は、昨日の宴を開くに当って、

「そなたの武芸の勘は大したものだ。そんなものは御免だと言わずに、時折は小太刀の稽古を続ければよい」

と、春太郎にさらなる上達を促し、水軒三右衛門、松岡大八も、

「頭取の申される通りじゃぞ。お前にはまだまだ上達の余地がある」

「深川に滅法《めっぽう》強い芸者がいるのもおもしろいではないか」

春太郎を持ち上げたから、

「ほほほ、お戯《たわむ》れを……」

と恐縮しつつも、随分とその気になっていたのだが、鈴の相手をさせられるとは思いもかけなかった。

いつしか鷹之介の許嫁《いいなずけ》のような存在になりつつある鈴は、元を正せば大名家の姫君。家中に内紛が生じて御家は改易《かいえき》になったものの、その折は奸臣《かんしん》を薙刀《なぎなた》で成敗《せいばい》し、武芸を買われて将軍家の別式女となった烈女《れつじょ》である。

勝気さでは春太郎のはるか上をいくが、それでいておっとりとした気性をも合わ

せ持ち、若き武芸者としての鷹之介を純粋に慕っている。

春太郎にとっては、

「逆立ちしたって敵わない……」

と、素直に認められる相手である。

鷹之介に心惹かれるものの、鈴と張り合うつもりはないし、

「張り合いようもない」

のはわかっている。

わかってはいるが、小太刀術を体得し武芸に深く触れられたと悦《えつ》に入《い》っていたところで、鈴に組太刀の相手をしてもらうのはいささか業腹《ごうはら》である。

鈴は暇があれば編纂所を訪れ、鷹之介、三右衛門、大八に稽古をつけてもらっているらしい。

その折に小太刀の話が出て、春太郎が気炎流なる術を短かい間に会得したと鷹之介が告げたところ、

「是非わたくしにご教授を願いとうございます」

と、鈴が懇願したという。

自分の噂が出たのは悪い気はしないが、ご教授願いますとはふざけている。自分のような者が、鈴に教授出来るはずがないではないか。

春太郎が型の概容を伝える。鈴がすぐにそれを呑み込んで演武する。春太郎はその筋のよさに舌を巻きながら、鈴の引き立て役となって稽古を終える。

そのような流れが目に見えている。

張り合うつもりはないが、鈴の前で惨めな想いはしたくない。

とはいえ、鷹之介の頼みで遠藤道場に入門したのである。

その成果を披露するのは、春太郎の義務である。

「畏まりましたが、鈴さんの術を見て、さぞかしわっちのできの悪さを笑うつもりなんでしょうねえ」

いかにも彼女らしい悪態をついて武芸場に出たものだが、春太郎の姿を見るや、水軒三右衛門がやって来て、

「そういえば前に、わしは飲み比べをして春太郎に負けたことがあったのう」

と、懐かしげに言った。

「確かに飲み比べはしましたが、あれはわっちが勝ったんでしたか？」

春太郎は首を傾げた。

「ああ。相討ちに倒れたようなものであったが、あれはわしの負けであったよ。ははは、あの苦労に比べたら、今日の鈴殿との演武など何ほどのものでもあるまい。鈴殿はきっと、お前の型の確かさ、美しさに圧倒されるであろうよ」

三右衛門は、笑って春太郎の肩をぽんと叩いた。

「飲み比べと小太刀の型を一緒にするんじゃあありませんよ」

春太郎は仏頂面《ぶっちょうづら》で応えたが、遠藤登世からあっという間に、小太刀の型を覚えたのである。

立合ではなく演武なのだ。鈴と仕合《しあい》をするわけでもない。

「自信を持たぬか」

三右衛門はそう伝えて励ましてくれているのであろう。

この日、春太郎には純白の稽古着が用意されていた。

これを身に着けると、気分がまた高揚してきた。

拵え場で着替えて再び武芸場に出ると、そこには鷹之介と大八がいて、春太郎の姿を見て大きく頷いてみせた。

鈴はただ純粋に、気炎流なる小太刀術の型を学びたいと思っている。春太郎は、富澤春として、何を構えることもなく、堂々として教えてやればよいのである。

鷹之介は、春太郎が武芸の才を身に備えながら、これを使おうとしないのが歯がゆくて仕方がないらしい。

——困ったもんだ。皆で寄ってたかってわっちをその気にさせようってんだからねえ。

春太郎は苦笑いを禁じえなかったが、芸者の暮らしは気楽だが孤独である。しかし、武芸者の端くれでいる自分は、いつも人の温もりを感じている。それはとてもありがたいことだと思うのだ。

「まず一人の型を……」

鷹之介は厳《おごそ》かに所望《しょもう》した。

武芸場にはたちまち凛《りん》とした剣気が張り詰める。

一人の型など特になかったが、春太郎は体馴らしに、遠藤登世から教わった素振りと、組太刀を工夫して演武してみせた。

見ていた三右衛門の目がたちまち輝いた。

若き日に見た、向田秀のたおやかな身のこなしと、めりはりの利いた技の繰り出し様が蘇ったのだ。

――なるほど、序、破、急か。

さらに目を瞠ったのが、氷上を滑るがごとく、すっと前に出る動きに和平剣造の小太刀が思い出されたところであった。

――向田秀はこれを取り入れ、娘に父親の形見として伝えていたのか。

三右衛門の胸は熱くなった。

やがて一通りし終えた時分に、鈴がやって来た。

「春殿、どうぞよしなに願いまする」

春太郎に威儀を正した鈴は、珍しく緊張を見せた。

この日の春太郎には堂々たる女武芸者の威風が備わっていたからだ。

鷹之介達には鈴の心の動きが手に取るようにわかる。

春太郎は、烈女を前にして泰然自若としていられる自分に驚きつつ、

「畏まっていただくほどの術はお見せできませんが、わっちなんぞにまで小太刀を教わろうなどとは、鈴さんはお偉いですねえ」

相変わらず気風の好い辰巳芸者の風情のまま応えたのであった。

それからすぐに春太郎の型の指導が行われ、やがて鈴との組太刀が始まった。

鷹之介と大八は思わず顔を綻《ほころ》ばせた。

女武芸者二人が打ち合う小太刀の型には何とも言えぬ華やかさがあり、将軍家別式女である鈴はさすがに型をすぐに覚え、力強い技を繰り出す。

気炎流小太刀術においては一日の長がある春太郎は、鈴の技を柳に風と受け流す。

三右衛門は、感慨も一入《ひとしお》であった。

まだ二十歳になるやならずの頃に、世には女武芸者なる者がいて、男にはない流麗な小太刀の術をこれほどまでに遣うものかと目を瞠った。

それが向田秀であった。

和平剣造は秀という年上の女に心を奪われていた。

同じ小太刀を得手とする剣造は、秀によいところを見せんとして稽古に励んだのだ。

好敵手であった水軒三右衛門に勝る術として小太刀を会得しようとしたと彼は人には言っていたが、三右衛門にはわかる。

三右衛門への対抗心から力を入れた小太刀術は、秀への恋心によって、著しい上達を遂げたのだ。

かく言う三右衛門も口には出さねど、秀に淡い恋心を抱いていた。

それゆえ、小太刀で秀を唸らせていた剣造を心の内では妬んでいたような気がする。

しかし、剣造が密かに秀と通じていたとは、知らなかった。

――剣造め、見事にわしを出し抜きおったわ。

聞かされた時は内心悔しかったが、もう三十年近くも前のことである。懐かしさがそれに勝る。

思えば恋においても、三右衛門は剣造と張り合っていたのだ。

若き日のほろ苦い思い出が今、心地よく三右衛門の胸を揺らしていた。

和平剣造は一時道を踏み誤り不遇をかこち、生涯孤高の武芸者であったが、彼の術はこうして気炎流小太刀術の中に息づいている。

――剣造、よかったではないか。

三右衛門が、今は亡き相弟子に想いを馳せた時、春太郎と鈴の演武が終った。

「忝《かたじけの》うございました」

「いえいえ、お粗末さまでございました」

鈴の礼に応える春太郎は、すっかりと女武芸者としての威風を放っていた。

三

その三日後。

水軒三右衛門は、公儀武芸帖編纂所編纂方として、頭取・新宮鷹之介からの書状を携え、浅草新鳥越町に遠藤登世を訪ねた。

むさ苦しい浪人剣客の風情が定着していた三右衛門も、このところは紋服を着したいかめしい姿も身についてきた。

昼下がりの稽古場では、五、六人の女達が熱心に木太刀の小刀を振っていた。

春太郎の出現によって活気づいた道場の勢いは衰えていないようだ。

そこに三右衛門が登場して、女達はさらなる盛り上がりをみせたものだ。

「何やら、お恥ずかしゅうございまする」

登世は、春太郎から武芸帖編纂のことは聞いてはいたが、まさか本当に訪問を受けるとは思いもよらず、大いに恐縮した。

「俄《にわか》にお訪ねいたし、戸惑われていることと存ずる。まず面倒な挨拶は抜きにさせていただき、組太刀を御教授願いとうござる」

三右衛門は、己が人となりを伝えるには、まず武芸を通じてが何よりだと、稽古を所望した。

既に型は春太郎から伝わり、いかなるものかはわかっていた。

登世は三右衛門の意図を解し、すぐに三右衛門と稽古場に立ち対峙した。

——何としたものでしょう。

向かい合っただけで登世は三右衛門の実力を解した。

太刀をとっても、小太刀をとっても、三右衛門の構えには毛筋ほどの乱れもなく、実にゆったりとしている。

やはり練達者と型稽古をすると、型が本来持っている意図がはっきりと浮かびあがってくる。

登世は幼い頃から教え込まれてきたゆえに、打方《うちかた》、仕方《しかた》共に寸分の狂いもなくしてのけられるが、ここへ来てからは打方を務めれば仕方がおらず、仕方を務めれば打方がおらぬ日々が続いていた。

ここへ習いに来る女達に教えたものの、登世を相手にきっちりと型稽古が務まるほどの者はいなかったし、未だそこまでの弟子を養成出来ていなかった。

女達はいかに小太刀を上手に振ることが出来るかを学び、体の捌き方、足の運び方を体得する稽古に終始していた。

無理もない。女達はいざという時の護身のために短かい得物を上手に振り回せるよう、習いに来ているのだ。

武芸の素養を仕事の傍ら身に付けるのが精一杯なのである。

そこに現れたのが春太郎で、彼女は今までのどの弟子よりも呑み込みが早く、登世にとっては久しぶりに気合が入る型稽古となった。

しかし春太郎は、気に入らぬ奴を叩き伏せ、自分の目的を果すと、一旦いつもの暮らしに戻ると言って道場を去った。

思えば、芸者であり手裏剣の名手でもあるという不思議な女であったが、生い立ちも自分に通じるところがある春太郎がいなくなると物足りない日々が続いていた。

そこへ、この水軒三右衛門のおとないである。

春太郎が、三右衛門に気炎流の型を伝えていてくれたことには驚いたが、そのお蔭でこの日は素晴らしい型、組太刀の稽古が出来た。

何よりも、息子の錬太郎が目の色を変えて稽古場の隅で見ているのが、母として嬉しかった。

春太郎との稽古から三右衛門との稽古への流れを見れば、小太刀術における男女の技の違いがよくわかるはずだ。

やがて錬太郎には、気炎流を受け継いでもらわねばならないのだから、見る目を養うことは何よりも大事なのである。

一通り型稽古を終えると、三右衛門はにこやかに登世を見て、

「いやいや、よい稽古でござった。この型は、いかにも屋内の狭いところでの戦いに向いておりまするな」

己が摑んだ気炎流の特色などを述べつつ礼を言った。

「お喜びいただけましたら何よりでございますが、稽古をつけていただいたのは、わたくしの方でございます」

登世は畏まって応えた。彼女はもう三右衛門が、公儀から役儀を与えられた歴とした武士であると信じていた。

「ははは、これは慎《つつま》しやかなお人じゃ。登世殿でのうては、気炎流を学ぶことは叶わぬのでござるぞ」

三右衛門は高らかに笑うと、

「あれこれと御苦労もおありでござろう。お察し申し上げる」

思い入れをしてみせた。

登世は神妙に頷いてみせた。

三右衛門が何を言わんとして、何を労ってくれているかがよくわかったからだ。

女の身で武芸一流を受け継ぎ子に託す難しさを、この初老の武芸者は理解してくれている。

気炎流を謳《うた》ってみたとて、剣士達は女の師範の門を叩こうとはせぬであろう。

となれば、町の者、百姓の物好き達に教えて糊口《ここう》を凌《しの》ぐしかあるまい。

そのようにしつつ、子の成長を待ち、しかるべき剣術道場に入門させ、そこから子が独自に気炎流を伝承していく。

長きにわたって武芸者の生き様を、あらゆるところから見つめてきた三右衛門には、春太郎から詳しく聞くまでもなく、遠藤登世が置かれている状況は見通せる。

それをまた詳しく言葉で語らぬところが三右衛門という男の持つ滋味《じみ》である。

一廉《ひとかど》の剣客、武芸者を相手に稽古をするのは久しぶりである登世が、必死でこれに臨んだ姿は、みっともなく映らなかったかと恥じらっている。

それに対する絶妙の対応であろう。

恐るべき剣気を放つ武士であるのに、こうして話していると、どこか人を食ったようなおかしみがある水軒三右衛門に、登世はたちまち心が安らぐのを覚えていた。

「向田秀……」

三右衛門は頃やよしと、稽古場に掛けられた札を仰ぎ見て呟いた。

「わたくしの母でございます」

静かに応える登世をしげしげと見て、

「左様でござったか……」

三右衛門は感慨を込めた。

「母をご存知で……？」

「かつて大和柳生の地において、何度かお見受けいたしたはず」

三右衛門は、そこから自分が柳生新陰流を修め、柳生の里にいたという経歴を語った上で、

「その折に、小太刀術を学びに参られたような……」

「はい。そのようなことがあったと、聞き及んでおりまする」

登世は目を輝かせた。

「やはり左様か。これは奇遇じゃ」

三右衛門は既に登世が秀の娘だと知っていたが、こうして話すうちに、改めて登世の顔に秀の面影を見ていた。

「秀殿は小太刀の遣い手であったが、気炎流なる流儀を受け継がれていたとは知りませなんだ」

「よろしければ、当時の母の話をしてくださりませ……」

自ずと登世の声も弾んだ。

「話と申して、随分と昔のことでござる。今日のところは一旦役所に戻り、あれこれ思い出した上で、またお訪ねいたそう」

どうぞよしなに……」

「いや、某《それがし》も気炎流について、まだ知りたいことが多うござるゆえ、こちらこそ
「左様で……。真に忝うござりまする」

三右衛門は、しばらくの間ここへ通い、小太刀術について編纂を進めさせてもらいたいと申し出て、二両の謝礼を差し出した。

登世は遠慮をしたが、公儀からの下されもののことで、ありがたく受け取ると、三右衛門を丁重に送り出し、

「わたくしにも楽しみができました。お待ち申し上げております」

錬太郎と並んで深々と頭を下げた。

楽しみが出来たというのは、登世の正直な想いであった。

水軒三右衛門はただ者ではない。

それでいて、その場を和ませてくれる心安さも持ち合わせている上に、亡母・秀を知っているという。

次のおとないが待ち遠しくなるのは当り前のことであろう。

ふと見ると、威風堂々と立ち去る三右衛門の後ろ姿を、うっとりとして見送る弟

子達が登世の背後に並んでいた。

女達は恐ろしく腕の立つ武芸者の技をまのあたりにした興奮と、そのような武芸者が終始包み込むようなさりげない気遣いをもって登世と対していた嬉しさが相俟っていたようである。

春太郎の予想は正しかった。三右衛門はここに通う女達の心をしっかりと捉えていた。

四

その夕。

三右衛門は登世の道場を出ると、遊行寺《ゆぎようじ》門前の〝にきち〟という居酒屋で松岡大八と会っていた。

この店は、かつて大八が誓願寺《せいがんじ》裏の八兵衛《はちべえ》店に住み、奥山《おくやま》の見世物小屋で日々の暮らしを支えていた頃に、よく来ていた。

主は四十絡みの仁吉《にきち》という男で、世情に長《た》けた侠客《きようかく》として知られていた。

義理人情に厚く、何かというと困っている者に手を差し伸べんとするので、小体な店で独り身を貫いている。

大八は仁吉と気が合い、仁吉が男気を出して破落戸に立ち向かった時は、そっと手助けしたものである。

仁吉はその恩義を忘れておらず、大八が武芸帖編纂所に招かれた後も、交誼は続いていた。

店には二階に部屋があり、日頃は物置きになっているのだが、三右衛門が遠藤登世の道場へ通うにあたって、ここを宿りとするよう大八が取りはからった。

この先、赤坂丹後坂の武芸帖編纂所から足繁く通うのは大変であるから、

「近くに宿を定めればよろしい」

と、頭取の新宮鷹之介が勧めてくれたのだ。

「いや、気炎流にばかり構ってはいられますまい」

三右衛門は、そもそもが自分の相弟子の事情ゆえ遠慮をしたものの、

「気炎流の編纂は我らが使命。三殿がこれに相応《ふさわ》しいゆえ、しばらくこれに力を注いでもらいたい」

鷹之介はきっぱりと言いきった。

「ならば仰せの通りに……」

三右衛門は鷹之介の命を畏まって受けつつ、ありがたさと共に、若き頭取が役所の長らしい風格と落ち着きを備えてきたことを喜んでいた。

少し前ならば、いくら三右衛門に関わりのある案件とはいえ、自らが先頭に立ち見知らぬ流儀を追い求めたであろう。

その想いは今もあるはずだが、頭取として自制し、この度は表には出ず、まず上から様子を見つめる分別がついていた。

「三右衛門、頭取は真に大きゅうお成りになったのう」

大八もそれを感じていて、三右衛門に熱く語っていた。

「ふふふ、大八、喜んでばかりもいられぬぞ」

三右衛門は、大八の屈託のない顔を見ていると少しからかいたくなる。

「頭取が立派になられると、将軍家は頃やよしとばかりに武芸帖編纂所を、もはや用済みとたたんでしまわれるかもしれぬ」

「なるほど、そうして頭取はいよいよ出世の道を歩まれる、か」

「その時は、我らも用済みというわけじゃ」

「用済み大いに結構ではないか。おれは頭取が出世の道を歩まれる姿を、そっと眺めて酒でも飲もうよ」

大八はさらりと言った。

三右衛門はしてやられたとばかりに、

「うむ、大八の言う通りじゃな」

からからと笑った。

「これはくだらぬことを申したのう」

三右衛門も大八も、編纂所での暮らしには大いに満足をしている。

だがそれも、新宮鷹之介あってこそである。

この先も自分達は老いていく。

老武芸者二人が、鷹之介の役にいつまでも立つまい。

新宮鷹之介という偉人に、少なからず武芸全般の術や心得などを伝え、武芸帖にその名を留められたら、自分達が数多の血を流し、時には人を悲しませて生きてきたことも報われるであろう。

鷹之介は情に厚い武士ゆえ、編纂所が閉められたとしても、二人に加えて中田郡兵衛、お光に至るまで放っておきはすまいが、

「頭取が偉くなられたら、周りには才子《さいし》面をした面倒な役人共が大勢張り付くのであろうのう」

三右衛門はそのように日頃から大八に言っていたし、

「おれはともかく、おぬしには馴染まれぬであろうな」

大八はそう応えていたのである。

「まずその時がくれば、お前は別れた女房とよりを戻して、茶でも啜りながら昔話に興じるがよかろう」

三右衛門は冷や酒をぐっと呷《あお》ると、またもからかうように言った。

店の板場では、おもしろい先生だと、仁吉が三右衛門を見て笑っていた。

大八はやれやれといった表情となり、

「仁吉、このような憎たらしい男だが、よろしく頼んだぞ」

と、声を掛けたものだが、すぐに三右衛門に向き直って、

「三右衛門、おぬしはどうするつもりだ？」

「どうするとは？」

「終生独り身を通して寂しく朽《く》ち果てていくのか、それを訊いているのだよ」

「さて、梅干し婆ァと、互いに歯の抜けた口を開けて笑い合うぐらいなら、わしはその方がよいな」

「ふん、ますます憎たらしい奴じゃ」

「ははは、まずその折は花でもたむけてくれ。何やら今日は疲れた。わしは先に休ませてもらうとしよう。主殿、よしなに頼むぞ。酒も料理も気に入った！」

三右衛門は仁吉に声を掛けると、

「大八、いろいろと忝し。頭取によろしく伝えてくれ」

そう言い置いて、さっさと二階の仮住まいに上がっていった。

「まず、あんな男よ」

大八は、新しい酒徳利を運んで来た仁吉に言った。

「気難しいお人ならどうしようかと思っておりやしたが、あの先生ならよろしくやれそうでさあ」

仁吉は三右衛門に親しみを覚えたようだ。

「ああ、店の酒が足りぬようになるかもしれぬがな」

「そんなに酒好きで？」

「あ奴の何よりの楽しみだ。いくら飲んでも剣の腕が鈍らぬのが自慢でのう」

大八は仁吉に酒の相手をさせて相好を崩した。

「今日は随分とお疲れだったのですねえ」

仁吉は店の奥に覗いている二階への階段をちらりと見た。

「いろいろと思うことがあったのであろうよ。あれでなかなか細やかな心の持ち主でのう」

「なるほどねえ……」

仁吉は小首を傾げて、大八の茶碗に冷や酒を充たした。

三右衛門は、登世の道場での話をほとんどしなかった。

この店で大八と会うと、

「さすがに春太郎よりも、小太刀の術はしっかりしていた。いきなりあれこれ問うのも憚られてのう。まず頭取のお指図通り、何度か通うとしよう」

それだけを告げて、後は語ろうとしなかった。

久しぶりの再会を果したかつての相弟子が亡くなってしまい、その忘れ形見が継承する気炎流小太刀術と直に触れ合った感慨が、三右衛門の頭の中でまだ整理されていないのであろう。

大八はそのように察して、何も問わなかったのである。

日頃は皮肉屋で、世の中を少し斜めに見る癖のある三右衛門であるからこそ、心の内に何らかの衝撃を受けると、まずそれを完全に鎮めておかないといつもの調子が出ないのだ。

「つまるところ三右衛門は、仁吉、お前によく似ているよ」

大八は仁吉にニヤリと笑った。

「あっしが水軒先生に？　どこが、でございます？」

「恰好をつけるところだよ」

「あっしは、恰好をつけているつもりなどございませんがねえ」

「つけているよ。自分のような生き方をしてきた者は、人並みの幸せを求めちゃあいけねえ……、お前はそう思ってはおらぬか？」

「人並みの幸せ、ですかい……」

「お前は侠客を気取って、困っている人のために体を張ってきたから、いつ命を落してもいいように、今日まで女房子供を持たずに生きてきた」

「へい。そいつは確かに」

「そこが何よりも、恰好をつけているのさ。三右衛門も同じだ。老いぼれて皺だらけの婆ァさんと寄り添うくらいなら、朽ち果てて死んでいく方がよいなどと聞いた風な口を利きよって。つまりは、武芸者に女子供は要らぬ、そんなものがあっては後ろ髪を引かれかねぬ、という好い恰好を、四十半ばを過ぎても続けているというわけだ」

大八の言うことは的を射ていた。

「そう言われると、ひと言もありませんや」

仁吉は頭を掻いた。それと同時に、水軒三右衛門に対する親しみが、さらに湧いてきたのである。

「だがおれは、そんな風に痩せ我慢をして、どこまでも恰好をつける男が好きだ。好きだからこそ、幸せになってもらいたいのだよ。まず、奴のことはよろしく頼んだぞ」

大八はしみじみとした物言いで仁吉に頷くと、鷹之介から預かった二両の金子を彼の前に置いた。

五

水軒三右衛門は、その翌朝早くに軽快な足取りで二階から降りてくると、既に店の支度を始めていた仁吉に、

「あれからすぐに大八は帰ったのか？」

そそくさと二階に上がって休んだ昨夕のことが気になっていたのか、まず大八について訊ねた。

「半刻ばかり飲まれてからお帰りになりました」

仁吉はぺこりと頭を下げると、

「すぐに朝御膳をご用意いたしますので」

三右衛門の朝餉の支度にかかった。

「大したものはいらぬぞ。飯と汁があればそれでよい。わしに気遣いは無用じゃ」

三右衛門は入れ込みの小上がりの框に腰をかけて仁吉を労うと、

「大八はわしのことを、さぞ腐《くさ》しておったであろう」

ニヤリと笑った。

やはり大八が気になるらしい。

「腐していたなどと……。ただ、痩せ我慢をして、どこまでも恰好をつける男だと……」

仁吉は、はっきりと臆せず応えた。

三右衛門はその物言いが気に入ったか、

「あ奴め、そのようなことを……」

少しばかりしかめっ面をしてから、楽しそうに笑った。

「あっしもそうらしゅうございます」

仁吉はつられて笑った。

「だがおれは、そういう男が好きだ。奴には幸せになってもらいたい……」

そして、大八の口真似をして言葉を付け加えた。

「それは余計だ」

三右衛門は再びしかめっ面をすると、

「大八はこのところすっかりと腑抜けになってしもうての。己が幸せを人にも分けとうなって仕方がないらしい。そなたも毒されぬよう、気を付けることじゃな」

溜息をついてみせた。

「お言葉、胆に銘じておきましょう」

これはまた楽しい旦那だと、仁吉は嬉しくなってきた。

似た者同士というものは、あまり仲よく出来ぬことも多いが、人好きの仁吉は三右衛門との新たな出会いを大八に感謝していた。

仁吉は汁と飯に、干物を炙ったのと香の物をつけて三右衛門に給すると、

「園部長四郎って野郎のことは、今当っておりやすから、少々お待ちくださいまし」

鋭い表情となって畏まった。

大八が仁吉の店を三右衛門の宿りとしたのは、ここなら登世の道場に近く、酒食には困らないということだけではなかった。

春太郎の話では、登世に小太刀を習いに来ていたおけいという女に、園部長四郎

という不良浪人が付きまとっていて、こ奴を登世が剣技に物を言わせて追い払ったらしい。

しかしその後、何者かが道場の様子を窺うようになって、今度は春太郎が怪しき者に手裏剣を打ち、強烈な警告を放ったという。

春太郎もなかなかやる——。

新宮鷹之介以下、編纂所の面々は快哉《かいさい》を叫んだのだが、

「この後は、先生方にお任せいたしますよ」

と、春太郎は気にかけていた。

園部長四郎が登世に恨みを持って、そっと彼女の日常を探るよう、誰かに頼んだのかもしれない。

とはいえ、そんなことを頼むにも金がかかる。

酌婦のおけいに小遣いを無心するような男に、それほどの余裕があるとは思えない。

そう考えると、今までは名が知られていなかった遠藤登世の存在を気にし始めた者がいるのかもしれない。

女ながらに大樹の太枝を小太刀ですっぱりと切り落してみせた登世の腕を値踏みして、何かの折に使ってやろうと企む者なのであろうか。

また、女達が小太刀術などを覚えては、女を食い物にする連中が、この先商売が立ちゆかなくなると危機感を抱いて、

「遠藤登世てえのは、いったい何者なんだ」

と、人を送り込んだとも考えられる。

登世はさすがに代々の武芸者であるゆえ、泰然自若としているが、

「世の中にはくだらないことにこだわる馬鹿もいますからねえ……」

気をつけておくにこしたことはないと春太郎は言うのだ。

自前の三味線芸者として恐いものなしの春太郎ではあるが、盛り場には思いもかけぬしがらみがあり、恐ろしい闇の力が蠢《うごめ》いている場合がある。

油断は出来ないと、彼女はこれまでも細心の注意を払って生きてきたのであった。

大八は春太郎の考え方は当を得ていると思った。

筋金入りの武芸者である松岡大八も、一時は武芸を捨て浅草奥山の見世物小屋で放下《ほうか》を演じて暮らしていた。

その時の経験があるゆえわかるのだ。

仁吉は居酒屋の主だが、闇の社会に通じている。

まず園部長四郎がどのような奴か、噂を集めるくらいはわけもない。

いかに水軒三右衛門が剛の者であっても、ちょろちょろと動き回っている影が何奴であるか、端からわかっている方が対処し易かろう。

気炎流を編纂対象に加えた限りは、それに害を成さんとする者を排除する。それもまた武芸帖編纂所の役儀のうちだと、頭取・新宮鷹之介は強く思っている。

この度は、その一端を仁吉が担ってくれるというわけだ。

「なに、焦ることもない。何かわかったら教えてくれ。どうせろくでもない奴に決まっていよう。そなたの退屈しのぎになればよいというものじゃ」

三右衛門は秘事を共有する同士として仁吉を見て、頰笑んだ。

「へい。とにかくすぐに調べはつくと思いますから、どうぞお任せくださいまし」

仁吉が胸を叩くと、既に三右衛門の朝餉は終っていた。

「いこううまかった。編纂所にはお光というのがいて、毎日飯を食わせてくれるのだが、こ奴は元は海に潜って暮らす海女《あま》でのう。海の水を口に含んで調子が狂うたか、時折塩加減を間違うて困る」

三右衛門はそう言って仁吉を笑わせると、勇躍店を出た。

六

水軒三右衛門は、遠藤登世の道場に出かけると、この日もじっくりと型、組太刀を登世と実践し、気炎流の術を確かめた。

氷上を滑るがごとく、すっと前に出て相手の懐に入る――。

和平剣造の得意技が、気炎流に取り入れられていることは、春太郎が鈴を相手に見せた演武でわかっていたが、俄仕込の二人ではまだまだ剣造の域には及ばない。

登世はこれを見事にしてのける。

その技を見ると、三右衛門が近頃覚えている〝老い〟は消えてなくなり、若き日の武芸を貪欲に吸収して、飽くことなく稽古に励んだ日の情熱が蘇ってくる。

過日は一通りなぞっただけに終ったが、この日三右衛門は、技のひとつひとつの意を問い、

「これは武芸帖編纂所において後の世に伝えるためにお訊きすることでござる。徒《いたずら》に秘伝を明かしたりはいたさぬゆえ、お許し願いたい」

と断わった上で、帖面に書き留めた。

三右衛門らしく、書きなぐったように記したものだが、三右衛門に語ることによって、自分自身が改めて技の真理を確かめ、子の錬太郎に教える機会を得た。

生き生きとした表情で応える登世の様子を窺いつつ、三右衛門はいかにして彼女に和平剣造について語ろうかと思案していた。

それには、落ち着いて話せる一時を作らねばならないのだが、

「先生、水軒先生に手ほどきをお願いしてもようございますかねえ……」

習いに来ている女達が口々に登世に申し出て、三右衛門は思わぬ多忙を強いられた。

「水軒先生のお手を煩《わずらわ》してはなりませぬぞ」

登世は、そもそも格が違うのだから、手ほどきを願ったところで三右衛門の教えを解するなど無理であると弟子達に釘を刺したが、

「わしの方こそ、稽古場の外で皆の手ほどきを受けたいものじゃのう」

こういうところ、三右衛門は洒脱である。

女達を笑わせると、皆の稽古を見て適当に助言をしてやり、

「ほう、そなたは大したものじゃ。これができれば恐いものなしじゃのう」

時には誉めて自信をつけてやった。

これに恐縮する登世であったが、

「こちらの稽古の邪魔をしているのは某の方でござる。これくらいのことは何の苦にもなりませぬよ」

三右衛門は尚も女達を喜ばせて、一日中道場で過ごした。

「ならば、今ひとつ気合を入れた組太刀を……」

やがて三右衛門が登世に稽古を願うと、張り詰めた気が道場に漂い、弟子達はこれを邪魔してはならないと思ったようで、

「先生、ありがとうございました。あたし達はこの辺りでお暇いたします」

三々五々、それぞれの仕事に出かけていった。

二人で気合の入った稽古は登世も望むところであった。

三右衛門の次のおとないを心待ちにしていたのはこの一瞬のためである。

「某も少しは上達したようでござるな」

三右衛門も、自身の充実を楽しみ、噛み締めるように、登世との組太刀に臨んだ。

前回より、術を身につけているゆえ、この日の二人の組太刀の冴えは抜群の出来となった。繰り出す技の間合、残心《ざんしん》がぴたりと決まった。

武芸者同士であるから、これが外目にどう見えているかがわかるのだ。

とはいえ、そこは男女となれば体力差がどうしても生まれる。強い打ちを繰り出しつつ、登世が疲れによって技の精度を鈍らせる前に、

「まず本日は、ここまでといたそう」

三右衛門はさらりと稽古を止めた。

登世には三右衛門の意図はわかるが、その気遣いを謝すのはかえって無礼だと考え、ただ黙礼を返し、稽古を終えた。

それからは気炎流を巡る武芸談議となった。三右衛門はこの機会に、登世が自分の父親について、どう伝えられているか聞き出さんとした。

三右衛門はまず道場の掛け札を見上げ、

「向田宗兵衛という御仁が、登世殿の祖父に当るのでござるな」

と、問いかけた。

「左様でございます。中条《ちゅうじょう》流に小太刀を学び、やがて気炎流を開いたと聞いております」

「秀殿はその父親のことについて他にもっと語っておいでであったかな？」

「それほど詳しゅうは聞いておりませぬが……」

浪人剣客として諸国を巡り、気炎流を興したというが、登世は顔も知らない。

旅先で見初めた道場主の娘と夫婦になり、しばらくその地に逗留し、秀を儲けたが、妻は娘を産むとすぐに身罷《みまか》り、宗兵衛はその悲しみから逃れんと秀を連れて旅に出て、娘に気炎流小太刀術を教え込んだ。

秀には天賦《てんぷ》の才があり、宗兵衛を大いに喜ばせた。

「かくなる上は、そなたを日の本一の女武芸者にしてみせん」

宗兵衛は秀への愛情を、そのような想いに昇華させていった。

幸いにして、宗兵衛は小太刀術の達人であった。長物を振り回す刀術とは違い、小太刀ならば女であっても男との体力差を術で補えるであろう。

武家の女の武芸としては薙刀が多く取り入れられてきたが、これはあくまでも女にとっては嗜《たしな》みであると言える。

薙刀のような大きな武器を、女が日頃携帯するなどありえない。

屋敷を曲者《くせもの》から防衛する時の手段としてのみ考えられよう。

武家の女は懐剣を身に帯びる機会が多い。咄嗟に戦わねばならない時は、短刀が得物となるはずだ。

これを誰よりも巧みに遣える女が最強ではないか――。

屋敷を守る時とて、室内の狭さを己が利とし、ここで揮い易い小太刀をもって戦えば、有象無象の武士にまるで後れはとるまい。

宗兵衛はあらゆる局面を想定した小太刀での戦いを気炎流に加え、秀を鍛えつつ彼女が二十歳を過ぎた頃に亡くなった。

気炎流小太刀術の大成にはまだ道半ばで、秀に想いを残しての死であった。

秀は父の無念に何とか応えようとして、さらに諸国を行脚した。

但し、己が術に納得がいくまでは、気炎流を名乗らず修行に明け暮れた。

そうして訪れたのが柳生の里であったらしい。

「そこには僅かな間しか逗留しなかったそうですが、廻国修行を続けた中で、どこよりも得るものが多かったと、母は話しておりました」

登世はしみじみと語った。

「とは申しましても、そこで何を得たのかは、よく教えてくれぬまま母は身罷りました。そのことが気がかりになっておりましたところ、水軒先生と思わぬご縁を頂戴し、嬉しゅうてなりませぬ……」

「秀殿が柳生で何を得られたか……、某はそれを思い出せばよいのでござるな」

「はい……」

三右衛門は、秀が僅かな間の柳生滞在について、娘にそう言い遺していたと聞き、大いに心が和んだ。

柳生の里に足を運んだゆえ、登世がこの世に生を受けたのだと、心の内で秀は語りかけていたのであろう。

和平剣造は、自分が年上の女に種馬のようにされたと苦笑していたが、秀は剣造の武芸に惚れ、登世を授かったことを剣造のお蔭だと、ずっと手を合わせていたのだ。

しかし、今ここで和平剣造が登世の父親であるという話を持ち出すのは早計であろう。

「我が柳生新陰流にも小太刀の術がござってな。秀殿はそれを熱心に習うておられた。たとえばこのような技でござる」

三右衛門はやにわに立ち上がって、己が小脇差を抜いてその型を見せた。

「よいものは、気炎流に取り入れてやろう。そのような気迫が伝わって参った」

「左様でございましたか」

登世は目を輝かせて、

「水軒先生にも、お相手を願《ね》うたのでございますか」

と、問うた。

「組太刀において、何度かお相手を務めさせてもらいましたぞ。その頃は某もまだ二十歳くらいで、女に負けてなるものかと、力んだものでござる。それほど秀殿の筋はよかった」

「先生を本気にさせたと……」

「いかにも。某だけではござらぬ。和平剣造という相弟子などは、むしろ己が小太刀の上達に繋がると申して、進んで秀殿の相手になることを望んだものでござる」

三右衛門は、ここで剣友の名を口にした。

「和平……剣造様……」

登世は、少し上目遣いに三右衛門を見た。初めて聞く名であるというのは、彼女の澄んだ瞳でわかる。

やはり、秀からは何も報されていないようだ。

「和平剣造……、某の相弟子でござった。残念ながら先頃、胸に病を抱え亡くなってしもうたが、立派な武芸者でござった」

三右衛門は急がずゆっくりと剣造を語ることにした。

「和平様は、小太刀を能《よ》く遣われたのでございますか」

「いかにも。まず達人の域でござった。ははは、おもしろい男で、抜刀において某に僅かばかり後れをとると、もうそれが気に入らぬ。〝ならば小太刀で勝負だ、お前にはできぬであろう〟などと申して、たちまちこれを極めた……」

「水軒先生と術を競えば、さぞ上達いたしましょう。相弟子……、よいものでございますねえ」

登世は感じ入った。

物心ついた時から、母が付きっきりで武芸を仕込み、登世にはそのような剣友と呼べる者はなかった。

秀は母であり、師であり、姉弟子であり、時として友であった。

そのような暮らしを不思議とも思わなかったのは、幼い頃から頭の中にすり込まれた、気炎流を受け継ぐ者としての責務と心得が、どんな時にでもまず自分の体を支配していたからに他ならない。

だがそのお蔭で、普通の女であれば終生味わえない武芸の奥行きを体感出来る。

その感動と愉悦《ゆえつ》は、小太刀を手に取り、血のにじむような稽古を積んだ者でないとわからぬものであり、登世は自分を産み、武芸者として育ててくれた秀へは、やはり感謝の想いしかない。

しかし、秀は一所に落ち着いて道場を構えたりはせず、その時々で出稽古を務め、武士の子女に小太刀を教えたので、登世には相弟子と言える相手はいない。

三右衛門の話し口調から察すると、和平剣造なる武士もまた三右衛門に劣らぬ遣い手であったのに違いない。

そこに羨ましさを覚えたのである。

「お亡くなりになったとは真に残念でございます。和平様からも母のことをお訊きしとうございました」

「某と同じで、いささか口が悪い男でござってのう。それが災いして、なかなか世に知られることがなかったのでござるが、亡くなる少し前に果し合いを申し込まれ、これに見事打ち勝ったのは、真に天晴《あっぱ》れでござった」

三右衛門は話の中に、巧みに和平剣造の思い出を挟み、彼の人となりをさりげなく登世に伝えんとした。

とはいえ、会ったこともなく、既にこの世にない武芸者の話をされたとて、登世にとっては水軒三右衛門にまつわる逸話でしかない。

かつての剣友に想いを馳せる三右衛門に、ますます尊敬の念を抱いていくのであった。

三右衛門は、今日のところはこれまでにしようと思い、

「ときに、登世殿の御父上は、どのような御方で……」

と、問いかけた。

登世は存外に困った顔は見せず、

「旅で知り合うた武芸者であったと聞いております」

「ほう……」

「互いの武芸に惹かれ契りを交わしたものの、やがて考えが合わぬようになり、袂《たもと》を分かつことになったと母は申しておりました」

「ははは、袂を分かつことになったとは、いかにも女傑の申されようじゃ」

「その時には既に、わたくしを身ごもっていたと申しますから……」

登世は、はにかんだ。

「して、その後は？」

「母が子を産んだと聞いて、わたくしの顔を見に来たこともあったそうですが、間もなく病に倒れ亡くなったとか」

「左様でござったか。して、何という御方で？」

「碇強右衛門《いかりすねえもん》と聞いておりまする」

「碇強右衛門……」

三右衛門は、神妙に頷いたが、

——違いない。遠藤登世は剣造の娘だ。

心の内でその確信を新たにし、懐かしさを嚙み締めていたのである。

七

「三右衛門、どうじゃ、登世殿に父親のことを伝えたのか」

その日、登世の道場から仁吉の店に戻ると、松岡大八が待ち構えていた。

大八にしてみると、女ばかりの風変わりな小太刀術の道場に、三右衛門がどのような顔で通っているのかが、人ごとゆえにおもしろいようだ。

「大八、お前は好い気なもんじゃのう。わしへの繫ぎと称して、ここで一杯やっていればよいのだからのう」

三右衛門は、焼き茄子でほろ酔い気分の大八を詰りつつ、

「まだ真実は打ち明けてはおらぬが、登世殿が父親については母から報されておらぬこと、確かに和平剣造の娘であることが確《しか》とわかった」

ほっとした表情を浮かべた。

「それは重畳《ちょうじょう》。だが、どうして登世殿が和平剣造の娘だとわかったのだ？」

「碇強右衛門という名じゃよ……」

三右衛門はニヤリと笑った。

秀は登世に、お前の父親は碇強右衛門という旅の武芸者で、夫婦別れをした後に亡くなったと伝えていた。

「碇強右衛門というのは、和平剣造の綽名《あだな》でのう……」

すぐに怒り、何かというと拗《す》ねる剣造に対して、三右衛門が付けたものであった。

「なるほど、そういうことであったか」

命名の妙がいかにも三右衛門らしいと、大八は笑った。

「それならば、間違いないのう」

「ああ、おかしさと共に、何やら泣けてきたよ」

娘に父の名を問われ、碇強右衛門と咄嗟に応えたのであろうか。秀のその時の想いを考えると、自分がつけた綽名だけに、剣造との喧嘩の数々が蘇り、後戻りする時の長さに、またも〝老い〟を覚えてしまうのであった。

「和平剣造の名は一切報されていなかったのだな」

「そのようだ」

「となれば、折を見て伝えるしかないのう」

「いかにも。ひとまず剣造の人となりは、昔話にかこつけて一通り話しておいた」

「そうか。気持ちをほぐしておいて、ここぞというところで本当の話をしてあげればよかろう」

「そのつもりじゃ。気炎流も、これでなかなかに奥が深い。何度か通わぬと武芸帖に確と書き記しておけぬゆえにな」

「羨ましいのう」

「何が羨ましい。女子供しかおらぬ道場に通うのもこれで疲れるのだぞ」

「そうではない。心に残る相弟子がいるというのが羨ましいと申しておるのだ」

「なるほど、そういうことか。大八は、播州龍野で円明《えんめい》流を鍛えていた頃の相弟子とは、既に交誼が絶えたか？」

「ああ、まるで絶えてしもうた。ははは、そもそもおれは寺男で、たまさか寺に武芸場があり、門前の小僧何とやらで剣術を覚えた。そんな奴と仲ようしてやろうという門人などいなかった」

「寺男と侮れば稽古で叩かれる。お前は煙たがられていたのじゃな」

「それゆえ羨ましい」

「おかしなものでのう。柳生にいた頃は奴を友じゃと思うたことなどなかった。いつもいがみ合うていたゆえにのう」

「時が経てば、何もかもが笑い話となるか。その剣友の忘れ形見をそっと見守っている。それも羨ましい」

「お前とて、昔いがみ合うて別れた女房と縒《よ》りを戻しつつあるではないか。これを羨ましいとは思わぬがのう」

三右衛門は話が湿ってきたので、大八を憎まれ口で突き放すと、

「そんなことより、園部長四郎の動きについて何かわかったのか？」

と、問うた。

「おお、そうであった。無駄口を叩いている場合ではなかったのう」

仁吉は、数組いる店の客の間を巡り、そこで声をかけては四方山《よもやま》話をして笑っていたが、大八が目を向けると、たちまち引き締まった顔となり、席へとやってきて、

「そろそろ、ようございますかい」

三右衛門と大八の会話を邪魔せぬようにと様子を見ていたらしい。

「すまぬ。つい話し込んでしもうた」

三右衛門は頭を掻いた。

仁吉は二人に酒を注ぐと、

「園部長四郎って野郎は、取るに足らねえくされ浪人でございますが、あれでなかなかその筋の旦那方には顔が広いようで……」

その筋というのは、剣客崩れの不良浪人や、旗本、御家人の次男坊、三男坊の荒くれ達のことで、園部は自分が非力ゆえ、儲け話を巧みに持ち込んで交誼を得ているらしい。

「どこにでもいるような小悪党か……」

「だが、油断はならぬな」

三右衛門と大八は頷き合った。

「へい。油断はなりやせん。食い詰めた連中は何をしでかすかわかりやせんからね。野郎は腕も立たねえくせに、遠藤登世なる小癪な小太刀女を斬ってやる、などとほざいていたとか」

「となると、たとえば思わぬ金が入って、その金で仲間を募って、登世殿に意趣《いしゅ》返しをしようと企んでいるのかもしれぬな」

大八は眉をひそめた。

「春太郎が手裏剣を打って、脅してあるというのは、やはり園部長四郎の手の者か……。いや、春太郎の話を聞く限りでは、仲間を募ってまで仕返しをするほどの気概もない奴じゃと思うがのう」

「あっしもそう思います」

仁吉は、三右衛門の推測に相槌を打った。

「園部が、いかにも強そうな浪人と、このところつるんでいるという話が耳に届いておりやす。もしかすると、その小太刀の女先生には、園部の他に敵がいるのかもしれやせんねえ」

三右衛門と大八は、ありうることだと思った。

気炎流三代、さらに登世の亡夫も武芸者であったという。どこに思わぬ因縁が潜んでいるか知れたものではない。

しかし、いかに因縁があるとはいえ、幼い子供を抱えた女を付け狙うとは感心出来ぬ。

自分に置き換えて考えてみても、物見《ものみ》を立てて探らせるような真似はしない。いずれにせよ大した男ではないだろう。強そうな浪人といっても、三右衛門と大八の比ではあるまい。

三右衛門は、登世の腕前はその辺りの武士が数人でかかっても、なかなか討ち果せないだけのものだと見ていた。

小太刀は大刀に対して不利であるが、登世は刀術の方もしっかりと修めている。また、小太刀の不利をよく知る上に、刀術の弱点をもよく把握している。武芸者としての注意も怠ってはおらず、いざという時の肝が据わっている。

「油断は禁物だが、さのみ気にするほどのこともなかろう」

と、三右衛門は言いきった。

「しばらくは三右衛門が道場に通うのだ。敵も容易に近寄れまい。まずその間に、仁吉はさらに様子を窺うてくれぬかな」

大八も三右衛門に同調して、

「登世殿は、父親の真実を知ればどうなるであろうのう。ここは三右衛門の腕の見せどころじゃな。真白き稽古着に涙のひとつも落すのか、楽しみではないか」

と言って、三右衛門の肩をぽんと叩いた。

「真白き稽古着? 大八、お前は……」

「ああ、そっと覗き見たよ。言っておくが、おれは春太郎に気取《けど》られて手裏剣を打たれるようなのろまではないわ」

「こ奴め……」

三右衛門は、大八に見られていた時、自分はどんな顔をしていたかを思い、決まり悪そうに目をしばたたかせた。

八

それから水軒三右衛門は、三日の間、登世の道場に通い、柳生新陰流の小太刀術を披露した。

将軍家剣術指南役を務める柳生家の手前、秘伝とされる術はさすがに見せはしなかったが、

「母が昔学んだ術を、何卒お見せ願いとうございます。ゆめゆめ水軒先生からご指

南いただいたとは口外いたしませぬゆえ……」

登世から切に願われると断われなかった。

母の秀からは教えられていたが、それから歳月も経っていたし、三右衛門の武芸をまのあたりにすると、登世も願わずにはいられなかったのである。

不思議と水軒三右衛門には、遠慮なく願うことが出来た。

会った時から三右衛門は、慈愛を込めて登世と錬太郎を見てくれた気がする。

生まれた時から父はおらず、母の深い愛情に包まれて育ったものの、十八の時に死別した。錬太郎の父親との夫婦としての暮らしも五年も経たぬうちに夫の死によって終ってしまった。

平然としつつも、人の情に飢えていた登世は、自分に対する他人の親切を感じるに敏となっていた。

そこに現れた春太郎に始まる、新宮鷹之介率いる武芸帖編纂所との交流は、登世に人としての落ち着きと潤いを与えてくれた。それが錬太郎を守らんとするあまり、閉ざされていた登世の心の扉を押し開いたと言えよう。

「錬太郎、お前もよく見ておきなされ」

登世は息子と二人で三右衛門の術を食い入るように見つめた。

三右衛門の指南は、道場に集う女の弟子達が帰ってから行われた。

武芸に生きる三人だけの稽古場には自ずと荘厳《そうごん》な剣気が漂う。

錬太郎はその緊張に負けまいとぴんと背筋を伸ばした。あどけない顔にも、武芸者の子としての覚悟が表れ、次第にたくましい面構えとなっていった。

――大八は覗き見てはおらぬであろうな。

三右衛門は時折、気配を窺った。

気炎流はなかなか奥が深く、編纂するための調査にはまだ数日を要する――。

大八にはそう告げた。しかし、三右衛門は気炎流については既に把握していた。

仕事は終ったが、柳生新陰流の教授にしばらく忙しい、とは言い辛かったゆえの方便であった。

残念な死を遂げた剣友が、一度も会うことなくこの世に残した娘と孫。この二人をそっと世話してやるのは、男として武士として当り前の信義である。それでも、

「あの皮肉屋の水軒三右衛門が、嬉々として女子供の世話を焼くとはのう」

などと大八に感心されるのは、何やらこそばゆいのだ。

三右衛門は自分自身に当惑していた。

和平剣造に娘がいると聞いた時は感慨深かったが、ここまで肩入れをするつもりはなかった。

ただ武芸帖編纂所として、思わぬ縁が繋がった気炎流を調査編纂し、娘が剣造の存在を知らなかったら、淡々と真実を告げて、さっさと立ち去るつもりであった。

本当のところは、それすらも煩しいことなのだが、剣造は今わの際に三右衛門に〝何か聞いておくことはないか〟と訊かれ、何か言いかけたものの、

「いや、何かあったような気がしたが、忘れてしもうた」

と、その言葉を呑み込んだまま息絶えた。

最後まで惚けた男であったが、剣造はきっと、

「娘のことをよしなに頼む」

そう言いたかったのに違いない。

だが、本当に自分の子か確証もなく、顔も見たことがない〝種馬〟が言い遺す言葉ではなかろうと呑み込んだのだ。

言えば三右衛門の負担にもなろうと——。

それがわかるだけに、三右衛門は登世を訪ねたのだが、剣造が父である事実を告げるきっかけがなかなか摑めなかった。

そうして三日の間、せっせと仁吉の居酒屋から道場へ通い、かつて向田秀が学んだという小太刀術と、柳生新陰流刀法を教え、言い出せないままに時を過ごしたのだ。

この日も、すっかりと日が暮れてきた。

またこのまま居酒屋へ戻るのかと思い始めた時に、

「錬太郎、下がっていなされ。母は先生にお話があるゆえ」

登世が錬太郎を奥の一間に下がらせた。

三右衛門は錬太郎の前で話すべきか否かできっかけを逸していた感があり、好機到来と内心ほくそ笑んだ。だが、登世は三右衛門と二人になると、たちまち思い詰めたような表情となり、

「ひとつお訊きいたしとうございます」

三右衛門を真っ直ぐに見た。

何ごとかと三右衛門は気圧《けお》されて、

「何なりと」

と、向き直った。すると登世は長い沈黙の後、

「先生は、もしやこの登世の……、お父上でござりませぬか……」

やがて腹の内から絞り出すような声で訊ねたものだ。

「某が、登世殿の……」

意外な問いに、三右衛門は目を丸くした。

「不躾《ぶしつけ》をお許しくださりませ」

登世はその場に手を突いた。

「母はわたくしに、お前の父親は碇強右衛門という旅の武芸者で、お前が生まれてすぐに亡くなったと申しておりました。その名がどうも怪しげで、あれこれ話を聞いてもいつも言葉を濁してばかりで、詳しくは教えてくれぬまま、母は亡くなってしまいました。顔も見たことのない父とはいえ、心の中では、どのようなお人であったのであろうと、いつも想いを巡らせておりました。わたくしとて子を持つ身でございます。自分の生年を考えれば、母が大和柳生の里で修行をしていた頃に契りを結んだ人の子であることくらいはわかります。母はいつも、好い子を授かるため

には、好い相手を見つけねばなりませぬぞ、と申しておりました。となれば、母は剣の達人を相手に選び、そのお方の行く末を慮《おもんぱか》って、娘には死んだと告げ、別れていったのではなかったか……。幼な子を抱えて、ただひたすら生きてきたわたくしでございますが、近頃は息をつく間もできて、そんなことを考える余裕ができました。そのような折にあなた様とお会いして……、もしやこのお方が……、それゆえ我ら母子にここまで親身になって……」

登世は話すうちに、自分は何ということをいきなり問いかけてしまったのであろうと、恥じ入る気持ちが先に立ち、次第に声が小さくしぼんでいった。

——やはり娘は、父が何者か、その真実を知りたがっていたのだ。

三右衛門は、登世が不憫《ふびん》で仕方がなかった。

そして若い頃は何かというと衝突していた剣造の娘が、これほどまでに愛しく思えてくる自分の感情にとまどっていた。

しかし、今こそ話す時がきた。

「某のような者を、父じゃと思うてくれて、真に嬉しゅうござった。残念ながら、某はそなたの父親ではない」

三右衛門は静かに応えた。

「左様でございましょうね。くだらぬことを申しました。どうぞお忘れくださりませ」

登世は一瞬哀しそうな表情を浮かべたが、胸の支えが取れすぐに晴れ晴れとして頭を下げた。

「だが、碇強右衛門がその実誰かは知っている」

「真でございますか」

「いかにも。ここを訪ねた理由のひとつが、登世殿にそれを伝えるためであったと申すに、そなたにとっては聞きとうもないことであれば黙っておこうと思い、なかなか切り出せなんだ」

「どうぞお教えください」

「ならば申そう。某の話に何度か名があがった、和平剣造がそなたの父親でござる」

「和平様……、左様でございましたか……」

登世はしばし放心したが、そのうちに相好を崩して、

「ほほほ、お恥ずかしゅうございます。思えば水軒先生はさり気なく何度もその名を出されていたのに、先生を父だと思い込むなんて……」

「それはもう、剣に秀でた男でござった……」

三右衛門は姿勢を正して、剣造との思い出、邂逅《かいこう》、果し合いの後の死。そして、初めて自分に向田秀との恋を打ち明け、死の際までまだ見ぬ娘を気にかけていたことなど、ひとつひとつ嚙み締めるように語った。

登世はまったく取り乱さず、三右衛門の話に相槌を打ち、碇強右衛門と命名したのが三右衛門だと知った時は、体を揺すって笑ったものだ。

「秀殿が真実を告げなんだのは、登世殿が思うた通りの理由であろう。もっとも剣造は、自分が〝種馬〟のようだと、少しばかり嘆いていたがのう」

三右衛門もまた胸のつかえが取れて、高らかに笑った。

「さて、錬太郎殿には何と伝えますかな」

「どういたしましょう。そなたのお祖父様は碇強右衛門と申す武芸者ですが、本当の名は和平剣造で、ゆえあって随分昔に死んだことになっていた……」

「まず折を見てそんな風に話し、成長と共にあれこれ話してあげればようござろう」

「左様でございますね」

三右衛門と登世は頷きあったが、互いにこのまま別れ難い想いに包まれていた。

「お引き止めして申し訳ございませんが、お酒の支度をいたしますゆえ、今日はもう少し父の話をお聞かせ願えませぬか」

その想いを登世が切り出した。

しかし、武芸者同士とはいえ母子だけの家に自分が止《とど》まり酒を飲むのも憚られて、

「いや、支度には及びませぬぞ。御足労でござるが、これより某の宿りに倅殿と来てくださらぬかな。そこはなかなかうまい物を食べさせてくれる居酒屋でござってな……」

と、母子を誘ったのである。

やがて水軒三右衛門は、登世と錬太郎を伴い、暮れゆく浅草の町を、仁吉の店がある遊行寺門前目指してゆったりと歩いた。

道中は両脇に軒行灯が連なる賑やかなところが続く。

この時分にこの界隈を歩くことのない錬太郎は、夢を見ているかのように、光の

道を三右衛門と登世を見上げながら行く。

純白の稽古着姿も美しいが、今は武家の新造《しんぞう》風に衣服を改めている登世は、はっとするほど艶《あで》やかである。

娘と孫を連れて歩くとこのようなものなのであろうか、いや、せめて妻子を伴って歩いていると思いたい。

三右衛門は、珍しく浮き立った感情に襲われつつ、

――剣造、娘にお前のことを確と伝えたぞ。これでよかったのだな。

と、夏の夕暮れの空に語りかけていた。

第四章　宿命

一

「何か金になりそうな話はないのか」

低く野太い声で森住章之助《もりずみしようのすけ》は言った。

「それが、ここのところ、どこを見渡してもしけた奴ばかりで……」

首を竦めて応えたのは園部長四郎であった。

様々な悪党にとり入ってきた園部も、章之助の前ではいつも以上に緊張がはしる。

四十絡みではあるが、鋼《はがね》のように引き締まった体に、猛獣を思わせる鋭い目付きをした章之助を前にすると、蛇に睨まれた蛙の気持ちがわかるというものだ。

それでも、女の間を渡り歩いて、そのおこぼれで暮らす園部長四郎である。強面《こわもて》の森住章之助の威を借りておけば、何かと身過ぎ世過ぎに役立とうと、この息苦しさにも堪えているのだ。

実際に、章之助が住処とする浅草田町の袖摺《そですり》稲荷社前の仕舞屋《しもたや》に出入りしているだけで、界隈の破落戸達からは一目置かれていた。

章之助は、半年ほど前に浅草へと流れてきて、腕っ節の強さでたちまち名を挙げ、このところは用心棒の束ねをしている。

腕の立つ者を集め、用心棒として方々へ送り込むのだが、まず押し売りというべきものである。

断われば報復を受けるのではないかという恐怖があるゆえ、一様に一人は雇うことになるのだが、森住配下の者がいると安心ではある。

思いの外に心強い番人となるので、なかなかに繁盛しているのだ。

となると、章之助の周りには金の匂いを嗅ぎつけた浪人者が集まってくる。

金と力を得た章之助は、

「さらなる金になりそうな話はないか」

と、長四郎の情報を買い取ってくれるという寸法だ。

だが、長四郎もこのところは町をうろつけど、〝犬も歩けば棒に当る〟とはいかず、不運を託《かこ》つ暮らしを送っていたのである。

「ふん、しけているのはお前の方だな」

章之助は嘲笑った。

大した話もないのに訪ねて来やがったというところだが、退屈しのぎに少しばかりからかってやるのもよい。

「金蔓《かねづる》にしていた女に逃げられ、取り返しに行った先が女の道場で、見事に追い返されたそうだな」

「どこでそんな話を……」

園部は顔を赤くした。

女の道場というのは遠藤登世の稽古場のことで、登世の凄腕をまのあたりにして、逃げるように引き上げていた。

しかし、それは恥ずかしくてとても人に言えるような話ではなかった。

章之助に取り入って、あれから何度か、小遣い稼ぎにちょっとした噂話をもたらしはしたが、この話は伏せていたのだ。

「ふふふ、お前から話を仕入れずとも、こんな噂はいくらでもおれの耳に入ってくるというものよ」

「お頭もお人が悪うございまするな……」

園部はさらに顔を赤くした。

登世に追い返されたのが悔しくて、園部はその後仲間の浪人に、そっと道場の様子を探らせたのだが、こ奴も大したことのない武士で、

「危ない真似をさせよって……」

と、すぐに怒りをぶつけてきた。

顔も知られていないので、大事なかろうと窓からそっと覗き見ていたら、いきなり窓格子に棒手裏剣が数本突き立ったというのだ。

小太刀の名手だけではなく、手裏剣の達人まで道場にいるとは聞いていない。関わるのは御免だと詰られたのだが、定《さだ》めし、そ奴が章之助の耳に入れたのに違いない。

「小太刀に手裏剣……。女だてらになかなかやるではないか。だが所詮は我らの敵ではない。おれがいたぶってやってもよいが、そんなところを突ついても金にはな

るまい」

「いかにも……」

「お前がおれを雇ってくれるなら、出向いてやってもよいがな」

「とんでもない……。わたしには、お頭を雇うような金はありませぬ……」

「であろうのう。まあ、相手にせぬことだ」

章之助は小馬鹿にした物言いで、突き放したものだ。

「仰せの通りに……」

園部はおどけてみせたが、さすがに口惜しくなり、

「わたしとて、女を恐れてはおりませぬが、近頃さらに凄腕の武芸者が、道場に出入りしていると耳にいたしましたゆえ、深追いは怪我の因だと思いまして」

強がって少しばかり恰好をつけた。

「凄腕の武芸者だと?」

章之助は、ぎらりと目を光らせた。

剣をとっては梶《かじ》派一刀流の遣い手で、数多の武芸者と言われる者達を屠ってきた男である。

小太刀の遣い手と聞いても、女などには見向きもせぬが、凄腕と聞けば放ってお
けなかった。
今の用心棒の頭目である身を思えば、何かの折にそ奴が邪魔になるかもしれぬし、
又、場合によっては頼もしい仲間になるかもしれないのだ。
「なかなかの遣い手とか」
それくらいのことは、自分も他の筋から調べてわかっているのだという顔をした
が、
——余計なことを言ったかもしれぬ。
園部は内心ひやりとしていた。
逃げられた情婦・おけいのその後を知りたくて、方々探りを入れたところ、登世
の道場に通っていると思《おぼ》しき女が、
「天狗のように強くて、おもしろい先生がいるんだよ」
と、仲間内で話しているのを聞きつけたのである。
そんな武芸者が出入りしているなら、ますます登世の道場には寄りつけない。
森住章之助は、女だらけで清貧に暮らす道場に興はそそられまいし、下手に話す

と面倒なことにもなりかねない。

それゆえ言わずにいたのに、つい凄腕の武士の存在まで告げてしまったのは早まったかもしれなかった。

「凄腕と聞けば気にかかる。そ奴の名は？」

章之助は、刺すような目を向けた。

「はて、何と申したか……」

園部はやり過ごそうかと思ったが、

「お前は知っているはずだ。思い出せ……」

心の奥底まで見透かされたような強い口調で言われると、

「思い出しました」

「言え」

「水軒三右衛門という四十半ばの武芸者でござる」

「水軒三右衛門……」

たちまち章之助の表情は厳しく、恐ろしいものとなった。

「御存知で……？」

園部は背筋が凍る想いであったが、章之助はもう園部には見向きもせず、部屋の奥でずっと酒を飲んでいた四十過ぎの武士を振り返り、険しい表情で頷きかけた。

武士は痩身ではあるが、章之助同様鍛えあげられた肉体の持ち主で、同じく水軒三右衛門の名を耳にすると、盃を持つ手を止めた。

無表情で能面のようなその顔は、直視出来ぬほどに不気味な憂いと凄みを湛《たた》えていた。

「兄者、おもしろうなって参ったのう」

武士は章之助の異姓の兄で、用心棒達からは〝先生〟と崇められている。

名は、増子貴兵衛《ますこきへえ》。

よく見ると、左の袖から手首が覗かぬ、隻腕の武士であった。

二

その頃。

水軒三右衛門は、まだ遠藤登世の道場に通い、柳生新陰流の小太刀術の指南を続けていた。

三右衛門が学んだ術は、なかなかに多種多様で、上辺だけを教えたとて二日や三日では伝えきれぬものであった。

それゆえ、遊行寺門前の仁吉の居酒屋からの道場通いはまだしばらく続きそうであった。

三右衛門は、仁吉の店に登世、錬太郎母子を連れていき、楽しい夕餉の一時を過ごしたのだが、その折に、

「先生、何卒我ら母子に今一度、御指南を……」

と教えを請われて、すぐに引き上げるわけにはいかなくなった。

登世は、三右衛門がいてくれると、何よりも錬太郎が向上心を募らせるのでありがたかった。

まだ幼い錬太郎とはいえ、男親のいない中で育ってきて、いくら厳しく育てても、これという人の背中を見られぬ弱さがあると、登世は見ていた。

もう八歳となると、錬太郎にも自我が芽生えてきて、女ばかりの中で暮らす気恥ずかしさを覚え始めているようでもある。

それでも、ただ一人の息子ゆえ、自分の目の届くところに二六時中置いて見ていたいと登世は考えていて、自立を夢見る錬太郎は、次第に小さな反発を示すようになっていた。

登世にとっては思いもかけぬことで、

「こればかりは、扱いに困ります」

仁吉の店で、思わず本音をもらしていたのである。

三右衛門は、気遣う必要はない、自分の思うように育てればよいのだと言ったものの、登世もこんな相談が出来るのは三右衛門の他になく、この機会にあれこれと訊ねておきたかった。

とはいえ、それも錬太郎を前にしての話であったゆえ、三右衛門に構ってもらえると感じた錬太郎は期待の目を向けていた。

その上で、

「先生に武芸を志す者の心得を、錬太郎へ直にご教授いただけたら幸いにございます」

登世から願われると困ってしまった。

「武芸を志す者の心得など、某が偉そうに言えたものではござらぬよ」

恥ずかしそうに笑いとばしたものの、

「某が見聞きしたことなどを話すくらいなら……」

と、つい引き受けてしまったのだ。

「さて、それならばまず、外に出てみればいかがかな」

三右衛門はまず、市井の子供達と交じわる方がよいと、手習い師匠の許へ通わせることを勧めた。

登世は武芸の稽古の合間を見て、錬太郎に読み書き、書見なども自ら教えていた。

彼女自身、母・秀からそのように育てられてきたからだ。

しかし、旅から旅へという暮らしではそれも仕方あるまいが、今母子は江戸という都に落ち着いている。

いつか元服《げんぷく》の折に、錬太郎をどこかの剣術道場に通わせようと思っているなら、その前に市井に馴染ませるのも大事だと、三右衛門は思ったのだ。

「なるほど、それは確かに……」

ごく当り前のことではあるのだが、そこにさえ想いが至らない自分は、いつしか武芸者という特殊な世界の住人となってしまっている――。

登世は、今さらながらそれに気付かされてその翌朝、すぐに近くの寺へ錬太郎を連れて行った。

以前、そこの御堂を借りて、儒者が手習い師匠をしているのを見かけたからだ。

何故その折に、錬太郎を通わせようとは思わなかったのか。

そんな後悔もまた登世にとっては新鮮であった。

儒者は登世と錬太郎を一目見て、只者《ただもの》ではないと感じたようで、大いに歓迎してくれた。

その日も登世の道場を訪ねた三右衛門は、話を聞いて嬉しくなり、

「帰りは某が迎えに参ろう」

と、道場での稽古を一通り終えると、寺へ向かった。

帰り仕度をしていた錬太郎は、庭に三右衛門の姿を認めると、こぼれるような笑みを浮かべた。

その様子が際立っていたので、

「お父上かな？」

思わず儒者は錬太郎に訊ねた。

錬太郎は一瞬はにかんで、

「いえ……」

と、口ごもった。

三右衛門は戸惑ったが、助け船を出してやらねばならぬと、

「某は、剣術の師でござってな」

儒者に頬笑みかけた。

「ああ、左様で」

儒者は三右衛門に一礼すると、

「文武共にお励みなされませ」

錬太郎の肩を撫でて、送り出してくれた。

「きてくださったのですね」

錬太郎は、いかにも強そうな武士の迎えが誇らしかったのであろう。ましてや〝剣の師〟となれば尚さらで、声を弾ませた。

「早速、手習い師匠に学ぶと聞いて、からかいに来たのじゃよ」

三右衛門はニヤリと笑って、錬太郎の肩をぽんと叩いて歩き出した。

道場への道中に、登世が言うところの〝武芸者としての心得〟を話せばよかろうと考えたのだ。

水軒三右衛門という男はひねくれ者で、誰に対しても大上段に構えて道を説くような真似は出来ない。

無駄口を叩いているうちに、自分が学んだ極意が錬太郎の心に響けばそれでよいではないかと、

「旅をすると、いろんな景色を目にすることができる。当り前のことなのだが、北へ行くと風が冷たい、南へ行けば強い雨に見舞われるなど、土地土地で天の恵みと厳しさを体で覚えられるものだ」

彼はこんな具合に話し始めた。

「旅に出れば、つよくなれるのですか？」

下から見上げる錬太郎の目は、眩しいほどに澄んでいる。

「武芸が上達するかどうかはわからぬ。だが心が豊かになる。それが何よりじゃのう」

森羅万象《しんらばんしょう》を体に感じ、美しいもの、醜いものを見て、人のやさしさ、恐ろしさに触れることで心は豊かになるものだと、三右衛門は説いた。

錬太郎は、わかったような、わからぬような顔をして聞いていたが、それでよいのだ。

風変わりな武士がいて、手習いからの帰り道、あれこれ自分に語ってくれたといつか記憶の断片に残れば、

——年寄りの役割は果せた。

と、言えるはずだ。

——だが、このわしがそんなことを考えるなど、どうしたものであろう。

子供相手に真剣に話している自分が不思議であり、楽しくもあった。

「わたしのような子供には、武芸などまだまだ見えてこないのでしょうね」

錬太郎はぽつりと言った。

男であるのに、まだ何も出来ぬ身が、母の足手まといになっている。

子供心に錬太郎はそれが歯がゆいのであろう。

「なんの、子供には子供の兵法がある」

「そうでしょうか」

「所詮は子供だと、大人は油断する。そこを衝《つ》くのじゃ」

「なるほど。でも、そのつき方がわかりませぬ」

「すぐにはわからぬさ。それもまた指南してやろう」

「よろしくお願いいたします……」

「だが、何よりも大事なのは覚悟じゃ」

「かくご……」

「いかにも、武芸者の覚悟は、いつでも、どんな時にも痛みに堪え、命を投げうてるというものじゃ。その覚悟に大人も子供もない。修行とは、その覚悟をいかにして己が心と体に刻みつけるかじゃ」

「はい！」

三右衛門の言葉に、錬太郎は力強く応えた。

これまでも、登世の厳しい稽古に堪えてきた。少々の痛みに音をあげたこともなかった。

となれば、次に大事なのは命を投げうつ覚悟をいかに身につけるかであろう。

斬られて死ぬのは恐ろしい。だが修行を積めば、その覚悟が自分の心と体に刻み込まれるらしい。

どれほどの修行を積めばそんな境地に達するのか、まだ幼い錬太郎にはわからなかったが、自分の父親は果し合いに臨み、その怪我が因で亡くなったという。

その折は命を投げうつ覚悟をもっていたのであろう。

自分に出来ぬはずはない。

錬太郎はまだ幼い。しかし、だからこそ死という恐怖を現実のものとして受け止めていない。

大人よりも覚悟を決められるのだ。

錬太郎は、自分が古今の豪傑になったような気になっていた。

水軒三右衛門の傍にいるだけで、今まで感じたことのない勇気と意欲が湧いてくる。

三右衛門と登世は、詳しい話まではしなかったものの、仁吉の店での小宴で、錬太郎に和平剣造について語り聞かせた。

碇強右衛門という人は、又の名を和平剣造と言って、三右衛門の相弟子であった人であると――。

鍊太郎は自分の祖父に当る人が、三右衛門所縁《ゆかり》の士であったと聞いて大いに興奮した。

「ははは、そう考えると、そなたはわしにとっては孫のようなものじゃのう」

三右衛門はそう言って笑ったが、鍊太郎は今、三右衛門をそのようには見ていなかった。

――師であり、父であってくれたらどれほどよいか。

彼は無邪気にそう思っていた。

人の想いは伝わるものだ。

――この子を己が手で、立派な武芸者にしてやりたい。

三右衛門の胸の内にも、そんな想いが沸々と湧いていたのである。

――おかしなものよ。

三右衛門は自分の感情が不思議で仕方がなかった。

いつしか登世の道場の前まで来ていたが、まだ通って半月にもならぬそこが、妙に懐かしく思われたのだ。

三

「先生、どこか具合でもお悪いんですか？」

その日も暮れて、登世の道場から戻って、居酒屋で一杯やっている水軒三右衛門に、仁吉は小首を傾げつつ言った。

「具合？　そのように見えるか」

三右衛門は、問われて少しばかり取り乱した。

具合などどこも悪くはないが、心ここにあらずという様子が仁吉には見えたのであろう。

それが三右衛門にとっては不覚であった。

「いえ、今日はやたらと静かにお飲みなのでどうかしなすったかと……。へへへ、こいつは余計なことでございましたね。先生にだって、あれこれと考えごとをなさる時だってあるってもんだ」

仁吉は頭を搔いた。

「ふふふ、今頃、赤坂はどうしているのかと思うてのう」

「なるほど。先生がいねえと、ご一同さんは寂しがっておいででしょうねえ」

仁吉は三右衛門の盃を充たすと、邪魔をしてはなるまいと席を離れて板場へ戻った。

三右衛門は苦笑した。

確かに、赤坂丹後坂の武芸帖編纂所は今頃どうなっているだろうと想いを馳せてはいた。

しかし、三右衛門の頭の中を駆け巡っていたのは、ほとんどが登世と錬太郎母子への想いであった。

手習い師匠の許へ迎えに出て、子供ながらも男同士の話をしようと、三右衛門なりの武芸者としてのあり方を錬太郎に説いた。

錬太郎は、食いつかんばかりに聞き入り、しっかりと幼い胸の内に収めてくれた。

まずよかったと錬太郎への情が深まり、道場へ戻ったところ、登世は錬太郎の表情を見て、これは息子にとって手習い師匠の許での学び、三右衛門との一時がよほど身になったのであろうと確信した。

そして三右衛門は、それから半刻ばかり柳生新陰流の術を教授した後道場を出たのであるが、その際、登世は三右衛門を送り出しながら、

「わたくしは、迂闊《うかつ》にも水軒先生が父親ではなかったかとお訊ねしてしまいましたが、そうではのうて、真によかったと思うておりまする」

囁くように言った。

「ははは、某のような父親がいれば大変じゃ」

三右衛門は笑いとばしたが、

「いえ、そういうことではございませぬ」

登世は真顔で三右衛門を見つめた。

「はて……？」

三右衛門は小首を傾げた。すると、登世ははにかみながら、

「水軒先生には、父親ではのうて、頼りと思える御方であってもらいたいのです……」

と、告げた。

三右衛門は、登世の言葉の意味がよくわからず、

「今さら父親が現れたとしても、頼みに思えぬ、ということでござるかな」

と、問うたのだが、

「それもまた違います……」

「う～む……」

三右衛門は、ますますわからなくなり腕組みをした。

「父を慕うのと、先生を慕うのとでは気持ちが違いますゆえ」

登世は思い入れを込めて言った。

肉親の情が絡まぬ方が、人と人はかえって付合いやすい。

三右衛門はそのように受け取ったが、今は何と応えればよいか言葉に詰まり、穏やかに頬笑むと、

「また明日参ろうと存ずる。あと二、三日もすれば、某の務めも終りそうでござる」

それだけを言い置いて道場を後にした。

そして仁吉の店で夕餉をとったのだが、酒が入ると頭の中がほぐれてきて、登世の自分への想いがひしひしと伝わってきたのである。

日頃から、新宮鷹之介と松岡大八について、

「女の心を知らぬ朴念仁《ぼくねんじん》じゃのう」

と評してきたが、その三右衛門も自分のこととなると、いつもの落ち着きがなくなるらしい。

「父を慕うのと、先生を慕うのとでは気持ちが違います……か」

そう言った時の登世の縋《すが》るような目が、後から後から三右衛門の胸を締めつけてきた。

つまるところ登世は、三右衛門が父親であれば、彼を男として見られぬ寂しさがあったと言いたかったのであろう。

そしてそれは、登世の自分への精一杯の愛情表現であったのだ。

盃を手に三右衛門はしばし呆然としてしまった。

それを仁吉が見て、具合でも悪くなったのかと問うたのであった。

——これはいかぬ。

登世の自分への想いは、練達者への敬意に過ぎぬ。そのように己が胸の内に収めて、登世の道場に通うのもこの辺りにしておこう。

三右衛門は自分に言い聞かせた。

彼もまた、いつしか登世に恋情を抱いているのがわかったからだ。

――相弟子の娘に、そんな想いを抱くとはふざけている。わしとしたことが、己が歳を知るがよい。

互いの心が抜き差しならぬようになる前に、この度の編纂を終えよう。

松岡大八は、

「瘦せ我慢をして、どこまでも恰好をつけよって……」

そう言って渋い表情を自分に向けてくるであろう。

――だが、わしはどこまでも恰好をつけて、武芸者として死んでいきたい。

三右衛門はそのように想いを決めて、翌日はまた登世の道場へ行ったものの、その足取りは重かった。

登世に会った時、どのような言葉をかければよいかわからず、どうも気まずいのだ。

しかし、そこに救いの神が現れた。

道場に春太郎が来ていたのだ。

「これは水軒先生、ご苦労さまでございますねえ」

稽古場に入るや否や、いつもの屈託のない声がして、三右衛門は随分と救われた。

「そなたこそ感心じゃのう。また小太刀の稽古を始めるのか」

そのように言葉を返すと、たちまち気まずい想いが吹きとんだ。

それは登世も同じであったようで、春太郎を介して気遣うことなく、三右衛門と向き合えたのだ。

三右衛門と春太郎が道場で顔を合わせたことを誰よりも喜んだのは錬太郎であった。

この日は手習い師匠の許には行かず、稽古に一日を費やすつもりが、思わぬ春太郎の登場が嬉しくて仕方がなかったのだ。

「またしばらく通って小太刀のお稽古を……、といきたいところなんですがね。生《あい》憎《にく》そうもいきませんで」

春太郎は、園部長四郎から逃れて深川で暮らす、おけいの今の様子を伝えに来たのだという。

深川では顔が広い春太郎が、安心して働けるところへおけいを移したのだが、以降は何ごともなくすっかり元気を取り戻し、おけいは新たな暮らしに希望を見出しているそうな。

「またそのうちに、こちらに小太刀のお稽古に来たいと言っていますが、それはまあ、もう少しほとぼりを冷ましてからが好いと話しているところで」

「それが何よりです。春殿には造作《ぞうさ》をかけてしまいました」

登世は安堵の表情を見せ、

「とは申しましても、せっかく来たのです。稽古をして帰ってください」

「はい。それを楽しみに参りました」

春太郎を懐かしがる他の弟子達も寄り集まり、そこからは三右衛門も加わって、小太刀の稽古が始まった。

そのうちに、いつもの登世と錬太郎とのやり取りが続き、三右衛門にはありがたかった。

登世もまた、自分の想いを伝えたつもりが、それによって三右衛門から不興を買ったのではないかと不安を覚えていた。

しかし春太郎のおとないによって、三右衛門に対するぎこちなさもとれ、いつものように接することが出来た喜びが、登世を一層美しくしていた。

春太郎は、先日、六骨の鉄扇で破落戸の蓑一を叩き伏せたのだが、稽古を終えると、

「登世先生にもどうかと思いまして……」

武家婦人用の鉄扇を贈った。少し長めに拵《こしら》えてあり、登世であれば立派な護身の武器となろう。それでも武骨な鉄扇には見えぬ造りで、実に艶やかなものであった。

「これをわたくしに……」

春太郎の心尽くしに、登世は大いに喜んだ。

「これで、気に入らぬ者がいれば、叩き伏せてやりましょう」

「ふふふ、登世先生ならわけもありませんよ」

春太郎は、登世の喜びように満足して、

「また稽古に参りますので、よろしくお頼み申します」

夕刻になって道場を出た。

三右衛門はそれを機に自分も共に暇を告げた。

その折、彼は春太郎に、

「すまぬが、頭取に明日にでも登世殿の道場を出て、編纂所に戻るつもりだと伝えてくれぬか」

と、耳打ちした。

おけいの近況を報せ、鉄扇を贈る。春太郎が今日訪ねてきたのはそれだけの理由ではあるまい。

頭取の新宮鷹之介が三右衛門の様子を気にかけて、

「そろそろ一度訪ねてみてくれぬか」

と、持ちかけたのに違いないと、三右衛門は察していた。

春太郎は図星を突かれたようで、ニヤリと笑うと、

「承知いたしました。どうせ赤坂へは顔を出すつもりでしたからね」

「頼んだぞ」

「でも、もう少しいてさしあげた方がよろしいんじゃあないですかねえ」

「怪しげな奴がうろついているという話なら、どうということはない。仁吉の話では、園部某は何やら怪しい浪人共とつるんではいるが、登世殿の道場でのことは隠しているらしい。女に追い払われ、その後はそなたの手裏剣に脅されて退散したな

ど、恥ずかしゅうて言えぬというわけだ」

「なるほど……、とり立てて気にするほどでもないと」

「そういうことだ」

「とにかく、お伝えしておきますよ」

春太郎はしっかりと頷いて三右衛門と別れたが、

「どうもしっくりとこないねえ……」

今戸《いまど》で仕立てた船の中で、彼女は何度も呟いていた。

一日、登世の道場にいて、春太郎はすぐにわかった。

「登世先生は、水軒の旦那に惚れている……。錬さんも慕っている……。旦那はそれに応えたいのに恰好をつけている……」

深川では自前の売れっ子芸者。男と女の恋を嫌というほど見てきた春太郎である。

この姐さんの目を欺くことなど出来ない。

春太郎は、その後の登世の道場の様子を、松岡大八から聞かされて、

「もしや二人は……」

という予感を覚えていた。

朴念仁の鷹之介も、珍しく三右衛門が登世の道場に情熱を傾けていることに、

「何かあるのではないか」

と思い、春太郎を送り込んだというわけだ。

「さて、この話を鷹旦那にすれば、どう言いなさるだろうねえ……」

春太郎が船上呟く声も、次第に弾んでいたのである。

四

さらにその翌日。

水軒三右衛門は、いつものように登世の道場へ行くと、登世に念入りに柳生新陰流の小太刀術を指南し、その後は、手習いから帰った錬太郎に付きっきりで、刀法の構えや打ち方を細かく指南した。

今日は母子に、

「明日にでも武芸帖編纂所に戻るつもりでござる」

と、告げるつもりであった。

登世と錬太郎も、いつまでも三右衛門がこの道場に通ってくるとは思っていない。

やがて編纂所に戻る日がくるとわきまえていたのだが、この日の熱心な指南ぶりを見ると、いよいよその日がきたのであろうと、心の内で嘆いていた。

それでも今生《こんじょう》の別れではない。

気炎流が編纂所の武芸帖に記されるのであれば、その縁を頼りに何とでも理由を繕って、赤坂に訪ねることも叶うであろう。

錬太郎は、三右衛門に武芸指南を受けてから、今までより一層たくましくなった感がある。

この先の進路を決めるにあたって、三右衛門ほど頼りになる相手はいないであろう。

母子二人がそっと寄り添い、気炎流を残していかんと励んできたが、登世は閉ざされた世界からいかにして脱け出そうかと、いつも思案をしていた。

三右衛門はその扉を開けてくれた恩人であり、登世の父・和平剣造の剣友である。

敬い、慕う想いが、いつしか三右衛門への恋情と変わりつつあるのに、登世自身が戸惑いを覚えていたが、

——何としても、このお方には傍にいてもらいたい。

はしたないと思われようが、三右衛門に寄り添いたいと、登世は強く思っていた。

浅草の盛り場の外れにある小さな道場で、女達相手に小太刀の指南に日々過ごしたとてよい。

しかし、武芸者としての志を持ち続け、絶えず向上を求めるのであれば、今の暮らしから脱するしか道はないのだ。

登世は武芸者としての未熟、女としての渇きをすべて三右衛門にさらけ出したかった。

それが登世の恋だとすれば、甚だ滑稽であろう。

しかし、母・秀が、気炎流の発展のために、和平剣造の子を望んだごとく、登世もまた己が武道にあってしか、人を慕うことが出来ぬのだ。

それもまたひとつの恋の形だと登世は思っていた。

彼女の強い想いと、錬太郎の純粋な強くて頼りになる男への憧憬は、別れを惜しまんと指南に身を入れる三右衛門の心に強く突き刺さっていた。

いずれにせよ編纂所に戻るのだ。さっさと別れを告げていつもの暮らしを送ればよいのだが、なかなかそれを切り出す間合を摑めなかった。

すると、昼下がりとなって、そこに新宮鷹之介が現れた。

「頭取……」

何かのっぴきならぬ用が出来たのかと、三右衛門は身構えてしまったが、鷹之介は一同が畏まる中、とろけるような笑顔で、

「三殿、ここでの指南ぶりもすっかりと堂に入ったものじゃな」

穏やかに言った。

稽古場には女の弟子達も五人ばかりいて、真に律々しき若殿の姿にぽっと顔を赤らめて見とれていた。

「とは申せ、いつまでも編纂所を離れていてよいものでもござりますまい」

三右衛門は鷹之介のおとないを機に、暇を告げんとしたが、

「いや、今、編纂所はこれといってすることもないゆえ、かくなる上はじっくりと気炎流小太刀術を検分してもらいたい」

鷹之介はそう言って、登世と錬太郎、弟子の女達をまず喜ばせた。

「頭取、そうじゃと申して……」

三右衛門は、おそらく春太郎が自分の心を読んで、登世、錬太郎母子と別れ辛くなっているようだと、鷹之介に注進したのだと察した。

それゆえ鷹之介は、頭取の命としてもうしばらくの滞在を申しつけたのであろう。

春太郎のお節介も、鷹之介の自分への気遣いも嬉しかったが、どうせ編纂所に戻るつもりの自分が、あと数日いたとしても、さらに別れ辛くなるだけだ。

その想いをそっと伝えようとしたが、

「やがて役所にも新たな若い編纂方が何人も入ってくるであろう。その時には三殿にあれこれ指南をしてもらうつもりゆえ、ここで体馴しをしてもらうのもよいと思うてな。それに春太郎の話では、三殿は園部長四郎なる浪人など捨ておけばよいと考えているようだが、もう少し様子を見てもよいのではなかろうか」

鷹之介はそのように続けた。

こう言われると、三右衛門も逆らえなくなる。

「それならば、もう少し検分を続け、武芸指南のこつを探らせていただきまする」

素直に畏まってみせた。

「うむ、何よりじゃ」

鷹之介は再びとろけるような笑みを浮かべると、それからしばらくの間、三右衛門の指南ぶりを見て、気炎流小太刀術の組太刀の稽古には自らも加わり汗を流した。

その間、ゆったりと登世、錬太郎母子に目をやっていたが、二人は春太郎から聞いていた様子とは明らかに違っていた。

何か新しい希望を見出し、それを三右衛門の力を得て成さんとする姿勢が顕著に表われていたのである。

鷹之介は嬉しくなってきた。

登世は気炎流の三代目継承者であり、小刀にて太い木の枝をすくい切りに切断してみせた腕の持ち主である。

四代目を継ぐべき息子を抱え、世間の荒波を乗り越えてきたはずの彼女が、ここまで三右衛門を慕い心を開いたとは大したものだ。

鷹之介自身、水軒三右衛門を敬愛しているだけに心が躍るのであった。

「よい稽古でござった。三殿、ちと軍議と参ろうか。今日は連れて出ますぞ」

鷹之介は稽古を終えると、三右衛門を伴って道場を出た。

「わたしも〝にきち〟で一杯やりとうなってな……」

終始にこやかな鷹之介を見ていると、三右衛門は胸が熱くなってきた。

恋にかけては朴念仁だと思っていた鷹之介であったが、このところは自分の不得手は人を使うことで補う巧みさが身についていた。

鷹之介は、三右衛門が剣友の死に立ち会い、その忘れ形見に、剣友が父であったという真実を伝えんとしたことに感動を覚えたのであろう。

自分は表に立たず、三右衛門の行動をそっと見守ろうと、松岡大八、春太郎を上手に配した。

そして春太郎から、三右衛門と登世の間に、武芸の信頼を超えた恋情が芽生えていると聞かされたのに違いない。

しかし、三右衛門はその想いを自ら消し去り、ただ編纂方としての仕事と捉え、登世と別れて行くのは目に見えている。

鷹之介はそこを気遣って、単身浅草へとやって来たのであろう。

そして三右衛門は既に自分のそういう想いを捉えているであろうと、鷹之介は察している。

遊行寺の門前町までの道すがら、鷹之介は、少しばかり照れ笑いを浮かべて、

「三殿、わたしはすぐにでも三殿に戻ってもらいたいと思うているが、もう少しあの道場に通い、己が心を確かめてもらいたいものじゃのう」

と、三右衛門に語りかけた。

「己が心……？」

「ははは、三殿も往生際が悪い。登世殿と、あの愛らしい倅のことじゃよ」

はっきりと言われて、三右衛門は沈黙した。

「別れ難くなっているのであろう。どうかな」

鷹之介は笑みを絶やさない。

今の三右衛門にとって肉親以上の存在であると言えるのは新宮鷹之介を置いて他にない。

この御方には本音を語ったとてよかろう。

「確かに、別れ難うなっておりまする」

やがて三右衛門は苦笑いを浮かべて、低い声で応えた。鷹之介は頷いて、

「三殿と登世殿の出会いは実に偶然、奇遇が重なっている。春太郎によると、そのようにして知り合うた男と女は、惹かれ合う定めにあるものらしい」

「春太郎め、わかったような話をしよって……」

「だが、わたしはその通りじゃと思う。親しゅうなる者とは、何故か不思議な縁で結ばれているものだ」

「某もそのように思いまする。さりながら、大事にしてやりたい、守ってやりたいという想いはござれども……」

「それが惚れたと言えるのか……、確とせぬのかな？」

「いかにも」

「ならば、わからぬうちに引き上げるに限ると？」

「ははは、頭取、いつの間にか、人の心を読むのが鋭うなられた」

三右衛門の楽しみのひとつは、鷹之介の成長を自分の目で確かめることであった。自ずと笑みが浮かんできた。

「この鷹之介は、引き上げる前にしっかりと確かめてもらいたいと思うておりますぞ」

「それゆえ、今しばし、あの道場へ通えと」

「左様。編纂所の面々は皆独り身であるが、やがて妻子を得たとしても、このまま勤めてもらいたい。編纂所に新たな住まいを設《しつ》らえてもよし。近くに剣術道場を構え、そこから通うてくれてもよい。その段取りをするのが、わたしの役目だ」

「頭取……、某はもう四十半ばを超えておりまする。そこまでのお気遣いは無用にござる」

「水軒三右衛門は、余人に代え難き人物である。いくつになろうと、その処遇を正すのは当り前だ」

鷹之介は、有無を言わせぬ威を放ち、三右衛門にきっぱりと告げた。

三右衛門は再び沈黙した。口を動かせば涙がこぼれ落ちるのではないかと、ここでも恰好をつけたのだ。

「武芸帖編纂所の頭取を務めてから、武芸者を見渡してきたが、その多くは滅びゆく身を楽しむかのようなきらいがある。それがどうもおかしゅうてならぬ。武士としていつでも死ねる覚悟を持つことと、一家を成しそこでの平穏な暮らしを送ることは、同じでのうてはならぬ。三殿、そうは思わぬか」

鷹之介は、分別くさい声で言うとひとつ唸った。

三右衛門は一瞬きょとんとした顔をしたが、やがて哄笑《こうしょう》した。

「ははは、それならば頭取、一刻も早う妻を娶りなされませ」

鷹之介は、あっと顔をしかめて、

「その通りであった……。ははは、どの口でそれを言うのだと、うちの爺ィに叱られるわ」

爽やかに笑った。

「真に、人のことはよう見えるが、己のこととなると何も見えぬものじゃな」

「されど畏まりました。お言葉に甘えて、今しばし道場に通い、己が想いを確かめてみましょう。だが頭取……」

「何かな？」

「こんな話を頭取の口からされるとは思いもよりませなんだ。いや、気が遠くなるほど恥ずかしゅうて堪まりませぬ」

鷹之介と三右衛門は、歩きつつ大いに笑った。通りすがりの者は思わず足を止めて、いかにも強そうな二人連れの頰笑ましい様子を見て相好を崩した。

——やはり他人から見ても、自分が登世に向けている眼差しは恋だと映るらしい。

長く忘れていた浮き立つ感情に、三右衛門は鷹之介と二人、笑いとばすことでしつかりと向き合っていた。

五

水軒三右衛門は、こうしてまた、登世の道場に通うこととなった。

新宮鷹之介は、三右衛門がこれからの人生において登世と錬太郎をいつも傍に置いて暮らしたいと望むのであれば、そうしつつ、編纂方が務まるように取りはからうと言ってくれた。

ありがたくて涙が出る話であった。

鷹之介の厚意を無駄にしてはなるまい。

この先のことはどうあれ、自分自身でうやむやにしている登世への想いを、まずはっきりさせておこう。

三右衛門はそう思っていた。

仁吉の店をいつもより早めに出ると、この日は夏の暑さも和らいでいて、心地よい風が吹いていた。

盛り場と町家に寺院。

賑やかな通りのすぐ傍に、静かな寺の小路がある。

三右衛門は、こうして見ると浅草界隈もなかなか好いところだと思いつつ、紀州にいた頃、柳生の里にいた頃が、今では夢の中の出来事のようになっていることが不思議に思えた。

旅から旅へと暮らした日を経て、江戸が自分にとって終焉《しゅうえん》の地となるのであろうか。

鷹之介は三右衛門には、畳の上で安らかに死んでもらいたいと思っているようだ。

だが、それが鷹之介のためになるのであろうか。

あれこれと想いは尽きない。

ふと前を見ると、道の向こうに登世の姿があった。

錬太郎を手習い師匠の許へ送り届けた帰りのようだ。

「ああ、これは……」

登世の顔に朱がさした。

日頃はまるで化粧っ気はなく、整った顔立ちが真に凜とした女武芸者であるが、さすがに手習い師匠の許へ出向くのには、勇ましい稽古着姿とはいかず、武家の女房風の姿をしている。

顔にもうっすらと化粧を施していて、三右衛門を見て恥じらう表情には、健やかな色香が漂っている。

「ちょうどよい。少し歩きませぬかな」

三右衛門は登世の傍へ歩み寄ると、腹に力を入れて言った。

登世と顔を合わせた途端に、三右衛門の心は抑えようもなく浮き立っていて、下手をすると声が裏返りそうであったのだ。

「はい、川端が涼しそうにござります」

三右衛門の誘いに、登世は娘のように声を弾ませた。

三右衛門も登世も、錬太郎がおらぬとなればまだ弟子が稽古場に来る時分には早いゆえ、道場で二人だけになってしまう。

それでは互いに居心地が悪かった。

想い合っているゆえに、話す言葉を選ぶのが面倒である。ましてや稽古場では、少しでも浮わついた気持ちになりたくなかった。

二人は寺が立ち並ぶ通りを抜けて、隅田川の岸へと向かった。

川端には、今戸《いまど》の瓦を焼く窯《かま》がいくつもあり、ところどころにもくもくと煙が上がっている。

二人はそれを避けて川辺に立ち、涼を楽しんだ。

「新宮様は何か仰せでございましたか？」

道中はほとんど何も語らなかった登世は、川面の光を眩しそうに見ながら問うた。

武芸一筋に生きてきたが、一度は夫婦の暮らしを経ている登世は、それなりに女の感性が備わっている。

春太郎に、自分の三右衛門への想いを見抜かれていると察していた。新宮鷹之介がその翌日に訪ねてきて、三右衛門を道場に今しばし留めたのは、春太郎の報せを受けたからに違いない。

その折の三右衛門の少し困った顔を見て、登世は三右衛門の自分への想いを確かめられた。

だが、それだけに鷹之介の三右衛門への発言が気にかかるのだ。

「いや……」

三右衛門は口ごもった。昨日の鷹之介の話は、なかなかに深いところまで切り込んでいた。

登世と錬太郎を自分の妻子とするのならば、編纂所に今まで通り勤められる手立を考えようではないかと鷹之介は言ってくれたが、そのことを今ここで話すつもりはなかった。

登世は言葉を探す三右衛門を上目遣いに見て、

「あのような子連れの後家に、この上関わるものではないと……？」

と言った。

「頭取は、そんな薄情なことは決して言わぬお人じゃよ」

三右衛門はにこりと笑って、

「某の思うがままにせよと仰せであった。その上で、編纂方を続けてくれたらよいとな」

しみじみとした口調で言った。

「これは余計なことを申しました。わたくしも決して薄情なお方とは思うておりませぬ」

登世は慌てて打ち消した。

「わかってござるよ。まず某も登世殿が後家であろうが、子がいようが、それを不足に思いはいたさぬ」

「忝うございます……」

隅田川の雄大な景色を前にしても、二人の話はいつまでたってもぎこちなかった。

登世は子持ちの後家の身が、どうしてもひけ目となっていた。

彼女の亡夫・遠藤三弥《さんや》は、甲源一刀流の遣い手であったが、性急にして癇《かん》が強く、剣の才の他は敬えぬ男であった。

その気性が祟《たた》って争いごとに巻き込まれ、果し合いに臨み命を落した。

それから五年。

登世はただ錬太郎かわいさに気持ちを強く持ち、独り身を貫いてきたが、錬太郎も八歳となり少しずつ自立し始めている。

その段になって、登世は疲れ果てた感がある。

弱気になると、強く頼りになる男に身をまかせてみたい一人の女としての想いが頭をもたげてきた。

父親を知らぬゆえ、世馴れた年長者に自ずと心惹かれる登世にとって、水軒三右衛門はすっと心の内に入ってきた。

随分と年上の男であれば、理由《わけ》ありの母子を黙って受け入れてくれるのではないかという甘えもあったが、亡夫との味けない暮らしを経て、登世は最後の恋に挑んだのだ。彼女には過去も未来もなかった。あるのは今を生きる自分と子供だけなのだ。

「水軒先生には、わたくしの想いは伝わったことと思います」

登世は心を奮い立たせて言った。

三右衛門はその勢いに気圧されて、

「ありがたく、嬉しいことだと思うてござる」

己が気持ちをはっきりと伝えた。

「それならば、わたくしもこれほどのことはござりませぬ。先生の思うがままにと、頭取が仰せならば、わたくしも錬太郎もそれに従います……」

登世の物言いも、次第に大胆になってきた。

自分は水軒三右衛門さえよければ、決して迷惑はかけぬゆえ、傍近くにいたいのだと、登世はやっとのことでその想いを告げたのだ。

言いたいことを吐き出して、登世は晴れ晴れとしていた。

三右衛門はというと、

――困ったことじゃ。わしはやはりこの女が恋しい。気がつけば惚れてしまっている。

鷹之介は己が気持ちを確かめるようにと言ったが、三右衛門の心の中は、既に登世を何とかしてやりたいという想いに充ちていた。

しかし、三右衛門はここに至っても、すぐに応えてやれなかった。

妻子など持たずに至ればこそ、彼は武芸者の道をこれまでまっとうしてこられたのだ。

新宮鷹之介のために命を投げ打つ覚悟は既に出来ている。

今さら妻と子を一度に持つなど、三右衛門にとっては馬鹿げたことなのだ。

とはいえ、そのように気負ったとて、三右衛門の武芸者としての盛りは過ぎている。

この後は〝老い〟に日々蝕《むしば》まれていく身なのだ。妻子を得て、ゆっくりと武芸者としての一線から身を引き、子を鍛えあげ、恋女房に心を癒されて暮らしてもよかろう。

そんな想いもまた頭をもたげてくる。

三右衛門の武芸者としての矜持《きょうじ》と〝老い〟が、交互に浮かんでは消える。

登世への気持ちは確かなものとなったが、惚れ合った同士、万難を排して一緒になるというには、三右衛門の恋への情熱が余りにも弱っていたのである。

「わしはのう、登世殿……」

三右衛門は、それでもこの場で何か言わねばなるまいと登世を見つめたが、

「わかっておりますゆえ、何も申されますな。先生の胸の内が見えぬ登世ではござりませぬ。わたくしも武門の家に生まれ育った女にござりますれば」

登世は力強い言葉を三右衛門に返した。

こんな時はやはり、女の方が肚が据っている——。

複雑な想いをわかり易く伝えられる言葉などすぐに浮かぶはずもない。鷹之介はそれを気遣い、もうしばらく登世の道場にいるようにと伝えに来たのだ。

三右衛門は何度も頷きながら、

「さて、稽古と参ろう」

と、隅田川に背を向けて歩き出した。

六

水軒三右衛門は、後三日の間、登世の道場に通うと心を決めた。

三日の後、自分の想いがどうなっているか——。

それに素直に従わんと誓ったのだ。

登世を妻とし、錬太郎を子とし、武芸帖編纂所の傍に小体な道場を開き、それを登世に任せた上で自分は編纂方としての仕事を続けていく。

いや、今さらこの歳となって妻子を得たとて、まともな暮らしを送れるとも思えぬ。日々それに戸惑うのは御免だ。今の気持ちを持ちつつ、時に母子の様子を窺ってやればよい。

それとも、そのような生半可な想いは断ち切り、誰かに母子を見守ってくれるよう頼み、自分は飽くなき武芸探求に、後ろ髪を引かれるものを一切排して向かうべきか。

この三つの内から答えを選ぶべきであろう。

心を決めた以上、三右衛門は黙々と道場で気炎流小太刀術の極意を求め、母子に己が武芸と、和平剣造が追い求めんとした武芸を伝え、時に女の弟子達を指南してやり、刻を過ごした。

登世は生き生きとしていた。

三右衛門がどのような答えを自分にもたらしたとしても、三右衛門が自分達母子を何とかしてやろうという想いが消えるわけではない。

それが確信出来たのだ。己が幸せは既に約束されている。

彼女は既にその境地に達していたのだ。

三右衛門にとってはそれが何よりもありがたかった。

武芸者などというものは、好むと好まざるとにかかわらず、勝負に臨まなければならない時もある。

そしてそれがあらゆる因果を呼び、身を嘖《さいな》むものだ。

登世はそれを誰よりも理解している女であろう。武芸者同士が一緒になれば、その因果は二倍にも三倍にもなる。平穏な日々がいつ崩れ去るかわからない。

そこを気遣うことが、何よりも大事だと、登世の組太刀の相手を務めると改めて思えてきた。そしてその覚悟が、やがて現実のものとなった。

その日は錬太郎が手習い師匠の許に通う日で、三右衛門が迎えに行った。

三右衛門の迎えが錬太郎は誇らしくて大いに喜ぶので、三右衛門は後一日を残すのみとなった道場通いゆえ、進んで迎えに行ったのだ。

ところが、寺の御堂で騒いでいる子供達の中に、錬太郎の姿が見えない。

儒者は三右衛門を見て、小首を傾げると、

「はて、お会いになられませなんだか？」

人の好い顔を向けた。

「と、申されると……？」

三右衛門は怪訝な目をした。

「水軒三右衛門先生でござりまするな」

「いかにも」

「最前《さいぜん》、水軒先生の遣いじゃという御方が、錬太郎殿を迎えに参られたのでござりますが……」

「何と……。してその者はどのような……」

「御存知ではございませなんだか……」

儒者は三右衛門の恐ろしい形相に、色を失い、

「立派な剣客風の形をなされておりましたので、てっきり御門人かと……」

「して、その者が錬太郎を連れて行ったのじゃな」

「はい……。柳生新陰流はしっかりと学んでいるか、などと親しげに話されていたので、錬太郎殿も喜んで……」

恐る恐る儒者は応えたが、その時既に三右衛門は駆け出していた。

道場に戻ると、登世が一通の書状を手に出迎えて、

「つい先ほど、お客様がお見えになって、水軒先生にお渡しいただきたいと、これを……」

と、差し出したが、彼女もまた三右衛門の険しい形相を見てとって、

「いかがなさいました？　錬太郎は、一緒ではなかったのですか」

表情を曇らせた。

「迎えに行ったところ、錬太郎は既に水軒三右衛門の門人なる者が連れて出たと……」

「何と……！」

三右衛門は書状を一読して歯嚙みした。

「しもうた……！」

七

それから小半刻（三十分）の後。遊行寺門前の仁吉の居酒屋に、お紺《こん》という矢場の女将がやって来た。

お紺は三十過ぎの、なかなか商売上手のそれ者あがりなのだが、仁吉とは付合いが古く登世の道場の噂を聞いて、

「あたしもちょいと習ってみようかねえ」

と、つい三日ほど前から通い始めていた。

「おう、どうでえ。ちょっとは強くなったかい？」

仁吉が冷やかすように言うと、

「それが今日は何だか取り込み中のようでねえ。先生二人共出かけるというので、稽古にならなかったよ」

「二人共って、登世先生と水軒の旦那かい？」

「そうなんだよ。若もどっかに行っちまったみたいで、道場は空っぽってわけさ」

「そうかい……」

お紺の話では、錬太郎を迎えに行った三右衛門が一人で道場に戻ってきて、登世と何やら深刻な顔をして密やかに話し始めた。

それからすぐに、

「申し訳ありませんが、ちと急ぎの用ができましたので、本日の稽古はこれまでとさせてもらいます」

登世が弟子達に告げて、稽古は終了したという。

「何やら拍子抜けでねえ、ちょいと一杯ここでひっかけてから帰ろうかと立ち寄ったわけさ」

「そうかい、そいつはどうもご贔屓に……」

仁吉はすぐに冷やで一杯、お紺に出してやったが、どうもすっきりとしなかった。登世と三右衛門が急ぎの用が出来たと道場での稽古を切り上げてしまった。どこかへ出かけるみたいだが、錬太郎の姿は見えなかった。

仁吉に不安が頭をもたげてきた。

園部長四郎のことで、三右衛門に話しそびれていた件があったからだ。

仁吉はその後も、園部長四郎の動きには気をつけていた。

しかし、園部が時折会っているという浪人は、森住章之助という用心棒の頭目であるものの、園部が登世の道場から追い払われたと聞いて、

「しけた奴だ」

と嘲笑い、

「そんなところを突ついても金にはなるまい」

女相手に得にもならぬことで暴れても仕方があるまいと、登世の道場には見向きもしないらしい。

仁吉はその情報を仕入れ、三右衛門には既に耳打ちしていた。

三右衛門はそれを聞くと、

「さもありなん。園部という男も、その森住某に道場での一件を隠していたというのは、さすがに己の恥を心得ていたのじゃな」

笑いとばして、森住は頭の好《い》い男で無駄な真似はしないのであろうと、以降まったく気にしなくなっていた。

それでも油断は禁物であると、仁吉は折を見ては園部長四郎の動きをいちいち確かめていた。

そして近頃園部は森住章之助からまったく相手にされず、章之助は町の遊び人連中に、やたらと接触して何かを探らせている気配が見られる。

それが何やら不気味である。

さらに調べてみると、森住章之助には、ほとんど表に出てこないという増子貴兵衛なる兄がいるとわかった。

どうせろくでもない浪人なのであろうが、こ奴はなかなか頭が切れて、しかも左腕のない隻腕の武士だというのだ。

気にはなったが、この数日の三右衛門は、酒を飲んでは溜息をつき、心ここにあらずの様子であったので、そんな話を言いそびれていた。

仁吉には、三右衛門の恋模様はまったく報されておらず、元より松岡大八からは、

「変わり者だが、恐るべき剣の遣い手なのだぞ」

と言われていただけに、何でも耳に入れるのが、ついためらわれたのだ。

三右衛門は、鷹之介の勧めに対し、あと三日の内に己が意思を固めると応えていた。

それから二日が経ち、今日は新宮鷹之介が様子を見に、仁吉の店に立ち寄ることになっていた。

――それならば、編纂所の殿様に、まず森住の一味について、話を聞いてもらおう。

彼はそのように考えていた。

新宮鷹之介は、聡明で若き情熱を備えた殿様である。話せばきっと、三右衛門に伝えておく話か、放っておけばよい話かの仕分けをしてくれるであろう。

だが、今、お紺からそんな話を聞かされると、不安ばかりが先に立ち、鷹之介のおとないが待ち遠しかった。

――早く来てくだせえ。

赤坂丹後坂の武芸帖編纂所へ、今すぐにでも駆けつけたい想いを抑えて、仁吉は

待った。

ここから赤坂までは遠い。入れ違いになれば刻が無駄になる。

お紺には訊けるだけのことを訊いたが、彼女には何も言わなかった。

好奇をもって女達が騒ぎ出すと、余計に話がこじれると思ったからだ。

お紺は仁吉の想いを知る由もなく、酒を一杯ひっかけると矢場へ戻っていった。

すると、ふらりと新宮鷹之介が店に現れた。

鷹之介は三右衛門がこの二日の間に、いかなる心境となったか、それが気になって仕方がなかった。

この度は、水軒三右衛門が己の〝老い〟と向き合う姿が痛々しく、そっと陰から見守ることに徹した鷹之介であったが、ここへ来てじっとしていられなくなった恰好である。

誰が一緒でも三右衛門が嫌がるかもしれぬと思い、いそいそと単身やって来たのが仁吉にはありがたかった。

「殿様……！」

仁吉は鷹之介を見るや、一気に三右衛門についての不審を語った。

「慌てずともよい。水軒三右衛門という武士は、ちょっとやそっとではびくともせぬ」

鷹之介は平然として仁吉の話を聞いていたが、錬太郎の姿が見えぬことに眉をひそめて、

「増子貴兵衛……、その名を聞いたことがあるような……」

次第に緊張を漂わせた。

確か三右衛門の思い出話の中に、その名が出てきたような気がしたのだ。

「そいつは森住章之助の兄貴だそうで、左腕のねえ、おっかねえ浪人者だとか……」

「左腕がない……」

鷹之介は、はっと記憶が蘇り、

「いかぬ！　そ奴の居どころに案内してくれ！」

と、叫ぶや表へとび出した。

仁吉は慌ててそれに続き、

「殿様、こちらでございます！」

これは一大事なのであろうと、店を放り出し、理由も聞かずに駆け出した。

「殿様、水軒の旦那と増子貴兵衛には、いってえ何が？」

走りながら仁吉は問う。この辺りは何度も修羅場を潜った男である。実に気が利いていてぐずぐずしない。

「その増子貴兵衛の左腕を斬り落したのが、水軒三右衛門なのだ！」

「何ですって……」

園部長四郎などとるに足らぬと、三右衛門は高を括ってきたが、魔の手は登世でなく、三右衛門に向けられていたのだ。

園部には、金にもならぬ道場など放っておけと言いつつ、登世の道場に近頃通っている武芸者が水軒三右衛門と知れて、貴兵衛は弟を動かして報復をはかったのではなかったか。

いかな三右衛門とはいえ、錬太郎を質に取られたとしたら、その身が危うい。

まだそうと知れたわけではないが、鷹之介は、増子貴兵衛の顔を見なければ落ち着いていられない。

どうせろくでもない浪人達の束ねだ。

四の五の言えば斬って捨ててやる。

鷹之介にとっては、水軒三右衛門と松岡大八は左右の腕だ。三右衛門を失うことは、自分の片手をもぎ取られるに等しい。

浅草田町の袖摺稲荷の社が眼前に見えてきた。

その前の仕舞屋が連中の巣であることは、仁吉によって確かめられていた。

滅多に人前には出ぬというが、そこに隻腕の武士が出入りしていることくらい、仁吉の耳にはすぐに入ってくるのだ。

仕舞屋には、浪人者が三人たむろしているのが開け放たれた格子戸の向こうに見えた。

「ここにいてくれ……」

鷹之介は仁吉を表で待たせると、彼に脱いだ夏羽織を預け、ひとつ息を整えてから中へと入った。

この日は袴を着していたものの微行《びこう》姿で、旗本の若殿というよりも、どこぞの剣客という風情であった。

「増子貴兵衛はいるか」

鷹之介は興奮を抑えて、ゆったりとした口調で言った。

三人の浪人は、ぽかんとした目を鷹之介に向けたが、供も連れていない軽輩の武士と見てとって、

「何だ汝《うぬ》は？　不躾《ぶしつけ》に先生の名を呼びおって」

大柄の一人が嵩《かさ》にかかって睨みつけた。

「どこだと訊いておる！」

鷹之介は、三右衛門を案ずる想いが怒りと変じ、

「言え！　言わぬか！」

凛とした声を響かせた。

浪人達は一瞬、鷹之介の剣幕にたじろいだが、こ奴らは貴兵衛、章之助兄弟に取り入らんと、ここへ日参している。ここは容易く引き下がれなかった。

「ここにはおられぬわ、帰れ！」

「帰らぬと痛い目を見るぞ！」

口々に叫んで凄んだ。

今日の鷹之介は問答無用であった。いきなり脇差を抜くと家に上がり、これを峰

に返して三人の腕、足、胴を打ち据えた。

このところ、編纂所でも小太刀の稽古と研究が行われていて、屋内のこととて鷹之介は咄嗟にその成果を試したのである。

それなりに腕の立つ三人も、鷹之介の怒りが力となった術にかかると、たちまちその場でのたうった。

その妙技に抜刀すら出来なかったのだ。

「な、何者だ……」

大柄の一人が唸った。

「公儀武芸帖編纂所頭取・新宮鷹之介である。さあ、言え！」

鷹之介は迫ったが、こ奴らは武芸帖編纂所が何たるかを知らない。ここに及んでも尚、

「知らぬものは知らぬわ。おのれ、このままですむと思うなよ……」

と、突っぱねた。

「このままですむと思うな？」

鷹之介は、すっかりと頭に血が上っていた。やにわに太刀を抜くと、大柄の腕に

突き立てた。

絶叫が響き、大柄は血に染まった腕を押さえて恐怖に顔を歪めた。

「次はお前か！」

鷹之介は、大柄の横で震えあがる一人に白刃を向けた。

「い、言います！　言いますから、命だけはお助けを……！」

「業平橋《なりひら》を渡った、中之郷《なかのごう》の寮です……」

他の一人も観念して、すぐに白状したものだ。

「もし違っていたら、お前達を生かしてはおかぬ。確かだな！」

鷹之介は念を押すと、表で鷹之介の暴れっぷりに目を丸くしていた仁吉を従え、
吾妻《あずま》橋へ向かって走り出した。

八

登世の道場に現れた武士が三右衛門に渡してもらいたいと届けた書状は、増子貴兵衛からの果し状であった。

果し状というと聞こえがよいが、そこには錬太郎と共に待っていると認められてあり、脅迫状というべきものだ。

三右衛門は不覚をとった。

錬太郎を手習い師匠の許に通うよう勧めたのは、三右衛門であった。

それにあたっては、登世か三右衛門が送り迎えをしていたし、仁吉の話では森住章之助なる用心棒の元締は、園部長四郎のために一肌脱ぐ気はまったくないらしい。

まさか手の込んだことをしてまで、錬太郎を拐《かどわ》かすとは思ってもみなかった。

何よりも、森住章之助なる男が、あの増子貴兵衛の弟であったとは気がつかなかった。

あれは確か十五年くらい前であろうか。

柳生の里に所用があり、その帰りに大和郡山《こおりやま》の城下で、強請《ゆすり》まがいの悪事を働く旅の武芸者を見咎めた。

それが増子貴兵衛であった。

言葉巧みに旅の武士に近寄り、温和な武芸者を装い酒席に与《あずか》り、そこで武芸談議からわざと喧嘩口論に持ち込み、

「かくなる上は果し合いにて決着をつけん」

と迫るのだ。

主《しゅう》持ちの武士がこれをされると対処に困る。

結局、和解に持ち込み、いくばくかの金を払うことになる。

三右衛門はその様子を目撃して、

「その果し合い、某が受けてやろう」

と、貴兵衛と二人の弟子を相手に立合ったのである。

三右衛門は弟子二人の利き腕を峰打ちで叩き折り、

「お前達に用はない」

と、貴兵衛に迫った。

貴兵衛は三右衛門の腕を見て取って、

「お見事でござる……」

畏れ入ったと見せかけ不意を衝き、抜き打ちに三右衛門を襲った。

「たわけが！」

三右衛門は、もう刀を峰に返さなかった。

さっと体を右にかわすや、すくい斬りに技を返した。

その刹那《せつな》、貴兵衛の左手は肘の下が宙に飛んでいた。

「これで悪さはできぬであろう。某は柳生新陰流・水軒三右衛門。その腕の仇を討ちたくばいつでも参れ」

三右衛門はそう言い捨てて立ち去ったのだ。

この時、強請の現場の話の内容から、相手が増子貴兵衛と解し、その名を心に刻んできた。

それがここにきて、江戸浅草で邂逅するとは何たる因果であろう。

錬太郎が質に取られているのだ。果し状を受け取った上は、否《いや》も応《おう》もなかった。

「わたくしもついて参ります……」

登世が一緒に行くと言った。

果し状に、錬太郎を引き渡すゆえついてくるがよいと添えられていた。

三右衛門が敵の刃に倒れた時は、連れて帰る者がいなくなるゆえだ。

そして同伴は登世のみが許されていた。

二人の他に影を覚えれば、その時は錬太郎の命の保証はないというのだ。

卑劣な話だ。貴兵衛は腕を失っているが、弟の章之助は、梶派一刀流の遣い手で、用心棒の束ねをするほどの者である。

こ奴が手下を動員して三右衛門を襲えば、いかな三右衛門とて、錬太郎を質に取られている中での立合は不利である。

まさに絶体絶命の危機にさらされていた。

だが何があろうが、登世は錬太郎をこの手で引き取らねばならなかった。

「登世殿、すまぬ。わしの因果がそなたに降りかかってしもうた。こんなこともあろうゆえに、わしは絶えず一人で生きていこうと思うたものを……」

三右衛門は登世に詫びた。

煮え切らぬ態度が、ここにきて登世と錬太郎を巻き込んでしまったのである。

「いえ。それもこれも承知の上で、貴方様の傍にいたいと思うたのでござりまする。錬太郎とて武芸者の子、いつでも死ぬ覚悟はできておりましょう」

だが登世は、かえってすっきりとしたか、物言いには落ち着きがあった。

「こんな想いになったのは初めてじゃ。そなたと出会わなんだら、女に惚れるということが男にとってどんなに大切か、わしはそれを知らぬまま死にゆくところであった……」

三右衛門は登世のしなやかな体を強く抱き締めると、

「そなたと錬太郎は、何があっても無事で戻すゆえ、案ずるでないぞ」

きっぱりと言った。

「わたくしこそ、貴方様のお役に立ちとうございます」

登世も強い言葉を返し、二人は少しの間語り合うと、中之郷の寮へと向かった。

三右衛門の胸の内には、新宮鷹之介に会えぬまま死地へ向かうことへの無念さが渦巻いていたが、

――あの御方のために死なねばならぬ身、ここで不覚はとれぬ。

との想いが、彼に冷静さを与えていた。

登世は武家女房の出で立ちで、長めの懐剣を上手に帯に差し、錬太郎にもしものことがあれば、己が生涯の術をもって、敵を斬って斬りまくってやると闘志を胸に秘めていた。

そして二人は武芸者としての命をかけた連帯に、恋を超えた男女の結びつきを総身に覚えていた。

目指す寮は目前に迫っていた。

念の入ったことに、章之助の手下が寮の木戸門の前に二人立っていて、そこはすぐにわかった。

二人は三右衛門と登世を認めると、睨むように頷いて、中へ通した。

その際、

「小太刀の先生からは、懐剣を預かるようにとの仰せだ」

それなりに登世の腕を警戒しているのであろう、懐剣を差し出すように求められた。

「錬太郎の顔を見てからのことです」

登世は落ち着いていた。

手下二人は止むなしとそのまま中へ二人を入れて木戸門を閉めた。

庭の向こうに板敷の広間があり、ちょっとした武芸場の体を成している。

その隅に屈強そうな武士に背後を固められた錬太郎がいた。

中央には隻腕の武士が座っていて、

「案ずるな。子供は無事だ」

と言った。増子貴兵衛である。

「これで無事と言えるのか」

三右衛門は静かに言った。

「おぬし次第じゃのう。よいところで会えたぞ、水軒三右衛門」

貴兵衛は、おどろおどろしい不気味な声で応えた。

それと同時に、登世の懐剣は取り上げられた。

貴兵衛の傍近くには森住章之助がいた。その背後には四人の屈強な武士が詰めている。

「斬られた左腕が、恨みごとを申すか」

三右衛門は泰然自若として、ゆったりとした口調で言った。この瞬間にも戦法を練るのが武芸者の心得なのだ。

貴兵衛は嘲笑うような目を三右衛門に向けると、右手に抜身を引っさげ、立ち上がった。

「さて、果し合いと参ろうか」

挑発する貴兵衛に続いて、

「まず、ここに上がったらどうだ」

章之助が三右衛門と登世を交互に見た。

三右衛門は登世を促して板間に上がると、

「それが弟か。素行が悪うて森住という家へ養子に出されたのかな」

「ふッ、その減らず口も今日までと思え」

貴兵衛は剣先を三右衛門に向けて凄んだ。

「まず錬太郎を母親の許へ戻してもらおう」

三右衛門が言った。錬太郎は取り乱すことなく静かに座っている。

章之助も立ち上がり、太刀を腰に差しつつ、

「このガキを返すのは、果し合いが終ってからだ」

ニヤリと笑った。

「左様か……」

三右衛門は思った通りの展開だと苦笑した。

錬太郎の背後にいる武士が、錬太郎の左の肩に抜身を載せた。

こうされては三右衛門の気が散る。

味方が不利になれば、錬太郎の体を傷つけ、三右衛門を動揺させるという寸法なのだ。

もちろん果し合いには、章之助と四人の手下が助太刀する。三右衛門に勝ち目はない。

「案ずるな。お前が果てた後、女子供は帰してやる」

貴兵衛は勝ち誇ったように言った。

「わかった。それだけはよしなに頼む」

貴兵衛の言葉など信じていないが、三右衛門は頭を下げて、登世に頷きかけた後、錬太郎をじっと見た。

「先生、わたしは武芸者の子です。死ぬ覚悟はできております」

自分に構わず存分に戦ってもらいたいと、錬太郎は三右衛門に目で告げた。

「ははは、これはまた健気なものよ」

貴兵衛、章之助兄弟は哄笑した。

——こ奴らを斬る。

三右衛門が心に誓ったその時であった。

「三殿！」

庭に一人の若武者が駆け込んで来た。

敵は一斉にこの闖入《ちんにゅう》者に目を向けた。

新宮鷹之介であった――。

その一瞬を三右衛門は逃さなかった。魔法のように三右衛門の脇差が鞘ばしり、白刃が宙を飛ぶと、錬太郎の体すれすれに、背後の武士の右肩に突き刺さった。

それと同時に、三右衛門は登世の背中を蹴っていた。

登世はその勢いをもって、板間の上を高速で滑るように前へ出て、錬太郎に取り付かんとした一人を、帯に挟んだ鉄扇で打ち据えた。

その技は彼女の父・和平剣造が編み出した小太刀の一手。鉄扇は春太郎がくれたもの。敵は懐剣を取り上げたが、扇は見逃していたのだ。

錬太郎を抱えた登世はそのまま庭へ飛び降り、登世を蹴った三右衛門は太刀を抜き放ち、抜き合わせた章之助の刀を撥ね上げ胴に斬ると、今にも右手で太刀を振り下ろさんとする貴兵衛の懐に入り、その腹に渾身の突きを入れた。

まさに一瞬の出来事である。

章之助の四人の手下は何も出来ぬまま、庭から駆け上がった鷹之介にたちまち二人が峰打ちに倒され、残る二人は刀を捨てて投降した。

ここに来る迄の間、三右衛門と登世はあらゆる局面を想定して、戦術を確かめていた。そして錬太郎の覚悟が、三右衛門にためらいなく脇差を投げ打たせたのだ。

「三殿……」

庭で、鷹之介に渡された脇差を構え、錬太郎を守る登世を見て、鷹之介は大きな息を吐いた。

「頭取、やはり来てくだされたのですな」

三右衛門は、生きて会えた喜びを嚙み締めながら、

「なかなか穏やかな暮らしができませぬ。これも武芸者の宿命でござりますかな。かく言う某も、ひとつ違えばこのような……」

と、板間を血に染めて、既に息絶えている増子貴兵衛、森住章之助兄弟に目を遣った。

だが、今の鷹之介は何も目に入らなかった。

「三殿、無事でよかった……」

父・孫右衛門が斬り死にを遂げたと聞かされた時以上の煩悶《はんもん》に襲われた鷹之介は、

――まだまだ自分には武士の覚悟が足りぬ。

自問しつつも、込みあげる激情を抑えられないでいたのだ。

九

水軒三右衛門は、翌日、武芸帖編纂所に戻った。

彼が、登世と錬太郎に対して出した答えは、三つ目のものであった。

生半可な想いは断ち切り、誰かに母子を見守ってくれるよう頼み、自分は飽くなき武芸探求に、後ろ髪を引かれるものを一切排して向かう――。

三右衛門はそう決断したのだ。

自分は登世に惚れている。錬太郎もかわいくて仕方がない。

「だが、この歳になって、今さら妻子を持って暮らすのはやはり無理でござるよ」

鷹之介は、妻子を得て、尚かつ編纂方として自分の手助けをしてもらいたいと、三右衛門に言ってくれたが、

「それで真に、頭取の御役に立てるかどうかが知れませぬ。ましてやこの度のような因果が身につきまとう某でござりますれば、またいつ危ない目に遭わせるか、知れたものではござりませぬ」

三右衛門は鷹之介に、つくづくと己が心情を語ったものだ。

「それでよいのかな」

「よろしゅうござる」

「登世殿には……？」

「そなたの傍にはいてやれぬと告げてござる」

その折、登世はたじろぎもせず、

「もう十分、貴方様のお心は頂戴いたしました。錬太郎も武芸者としての魂を賜わり、この先は立派に育ってくれるでしょう。生きていればまたお会いすることもありましょう。傍にいてくださらずとも、登世は幸せでございますし、心丈夫でいられまする。ほんの短かい間でござりましたが、わたくしは武芸者としても、女としても忘れ難く、得難い日々を送ることができました。真にありがとうございました」

と、応えたという。

そして錬太郎はただ一言、

「忝うございました」

と、一礼したそうな。その面構えは、ひな鳥が翼を大きく広げ、今にも空へ飛び立つがごとく頼もしく映ったのである。

鷹之介は、武芸者の宿命と言えばそれまでであるが、

「真に辛い……。辛うござるな……」

三右衛門の胸の内を思うと残念でならなかった。

「なんの、辛いものなど何もござりませぬ。某には、あの母子を見守ってやってくださりませと、頼める御方がここにある。これほど幸せなことはござりますまい」

三右衛門はにこやかに鷹之介を見た。

鷹之介はしっかりと頷いて、

「あの母子のことは、この鷹之介にお任せあれ」

胸を叩いた。

自分がいる限り、三右衛門と登世、錬太郎母子の縁が切れることはないのだ。

そう考えると、鷹之介の心も晴れてきた。

しかし鷹之介は、三右衛門という男を知れば知るほどに、彼が言いようのない虚無を抱えているような気がしていた。

未だ鷹之介が知らぬ何かの因縁を引きずっていて、そのために命を投げうつべき時を探っている——。

登世、錬太郎と別れたのも、つまるところそこに原因があるのではなかろうか。

どこまでも恰好をつけて泰然自若としている三右衛門の姿を前にして、鷹之介の純白な想いは、一点の曇りと共にゆらゆらと揺れていたのである。

光文社文庫

文庫書下ろし／長編時代小説

相《あい》弟《で》子《し》　若鷹武芸帖《わかたかぶげいちょう》

著　者　岡《おか》本《もと》さとる

2021年5月20日　初版1刷発行

発行者　鈴　木　広　和
印　刷　萩　原　印　刷
製　本　ナショナル製本

発行所　株式会社　光　文　社
〒112-8011　東京都文京区音羽1-16-6
電話（03）5395-8149　編　集　部
8116　書籍販売部
8125　業　務　部

落丁本・乱丁本は業務部にご連絡くだされば、お取替えいたします。
ISBN978-4-334-79200-8　Printed in Japan

組版　萩原印刷